孤独才是人生

蒋勋 等著

江苏凤凰文艺出版社
JIANGSU PHOENIX LITERATURE AND ART PUBLISHING

只 为 优 质 阅 读

好
读

Goodreads

有人说唯有影子相随一生，

并非是无人值得信任，谁都不能依靠，

而是在拥有别人之前，应该先拥有自己。

有人说离开是为摆脱寂寞，

并非是不再提及以往，只有未来可望，

而是要记得初衷原点，才不会忘记目标方向。

有人说熟悉的地方没有风景，

并非是周围荒漠遍布，诗只存于远方，

而是在发现美之前，要先有对美的幻想。

有人说一个人时往往无聊，

并非是要靠近喧嚣，处处奉承迎合外部，

而是学会了和自己相处，方觉生活自有乐趣。

有人说两人一起就不再会冷，

并非是人天生残缺，靠他人才能填补，

而是尝出爱的甜之前，必须吃过单身的苦。

有人说永恒是治愈空虚的良药，

并非是看见的才是真，抓住的才是好，

而是往往灵光只现刹那，瞬间汇成记忆之河。

有人说想入非非是在浪费生命，
并非是生活要循规蹈矩，凡事都须刻意，
而是穿过彷徨迷惘后，澄明才会显露真容。

有人说一生就要经历风风雨雨，

并非是要走过所有的路，蹚过所有的河，

而是不管面对酸甜苦辣，自己都能坦然接受。

代序

和孤独做朋友

孤独，一个不讨人喜欢的词。

年少时，总为不能和别人一起玩耍而苦恼，为无人能懂自己的心思而郁闷。也曾以自己的一方天地而期许，觉得即便与别人不同，自己所得也终将成就自己。

但一条很少人走的路，注定没有多少经验参照。前行路上的坑坑洼洼，风风雨雨，一点一滴地消磨着自己的锐气。怀疑慢慢升起，心中慨叹，没有多少人走这条路，果然还是有道理。

不经历风雨，怎能见彩虹，可没人知道这场雨会下多久。身上的暖意被雨滴和冷风带走，被疲惫困倦拖拽的步伐，越迈越小，终究停了下来。

回望身后，不禁庆幸，还能看见路的尽头。孤独不值得骄傲，也许会给世界带来伟大，自己却不好受。何必一定要与众不同，得到了就属于自己，何必管别人怀中有还是没有？别太苦了自己。回去吧，趁还没有离开太久！

终于回到岔路口。同行的人拥簇，显得好生热闹。终于和别人有了共同的话题，终于和时代有了一样的轨迹。匆忙，是大路上统一的风景。他人如此，我亦如此。没有什么值得好在意。不在意成为一种习惯。慢慢忘记以前。走得久了，收获了肯定与赞赏，只不过远不如他人丰厚。落在别人身后，孤独还是追上了自己。

自己伤心吗？好像没有。孤独讨厌吗？好像有点。孤独如同身边那个毒舌“损友”。在你担心衣着暴露时，安慰你长得安全；在你想游泳减肥时，劝你看看海里的鲸鱼；在你想努力奋斗，以防中年落魄时，幽幽地来了一句：“那也不过是和你现在一样”。孤独和“损友”一样，从不会锦上添花。没有美颜，未加滤镜，只还原了本来的样子。冷或暖只是你的感受，孤独从来都没有温度。从前觉得孤独是一种性格，后来以为孤独是一种经历，现在相信孤独是一种经历过后不愿太拂逆自我的选择。人生最害怕的不是风浪波折，而是因困惑而自我消磨。

生活中，在某个瞬间仿佛恍如隔世，在某个凌晨从梦中猛然惊醒，不要担心，这都是稀释困惑，窥见真相的时刻。心灵因柔弱而觉醒，有所追求又有所恪守，不断成长又不被迷惑，这一切都是始于以孤独为友，和自己相处的时候。我们不是命运手下的一个按钮，体内也不存在一条叫痛苦的电路。用心感受，不必执拗，时候到了，未来自会拼出它清晰的样子。至于周身的那些喧嚣，就让它们像街上的车马一样，顾自流去。

行路至此，日已高升，早就没有了朝露和晨曦，却也是迷雾散去的时候。不知不觉间，一拐弯，又回到之前的路上。两条路竟然有相通的地方，看来不是所有在开始都能预料。重新踏上这条路，雨已停，云未散。前路昏昏，很高兴自己拥有孤独点燃的那盏明灯。

目录

辑一 孤独是生命圆满的开始

与自己对话，让外在慢慢沉淀，
慢慢储蓄一种情感，酝酿一种情感，
你会觉得生命更富有，更圆满。

辑 二

月朗星疏，且歌且行

夜色中窗户上的暖暖灯光，晃晃人影，
碰撞的碗筷，窸窣的话声，
是我永远的憧憬和向往。

辑 三

鲜花于空旷处，悄然绽放

搭在花枝上的两根蛛丝，
亮亮的，细细的，
于晨光中，
同鲜花开在通往荒野的路旁。

辑四 点一盏灯，和自己聊聊

狂风肆虐，树林呼号；
雪花瑟瑟，万籁无声；
桌上的灯燃着，叹一声，
和自己生活也很好啊。

辑五 学会留白，爱情才会成长

神像前的女子，眼中满是祈求，
举起双手，心中的思念，
让她沐浴在美丽的光辉中。

辑六
蝉翼上的闪影
化成不朽的刹那

光影虽是暂时的存在，
但是有不是无，是实在不是空虚，
一闪一现的回忆中，
过往烟尘堆成了自己。

辑 七

悲剧点燃了生命的花火

赤子便是不知道孤独的。

赤子孤独了，会创造一个世界，

创造许多心灵的朋友！

辑八

雨也好，晴也好，放心走就好

既已明白，不必再拖，
迈开脚步，
一步之后自然会见到更多的路。

辑一

孤独是生命圆满的开始

与自己对话，让外在慢慢沉淀，

慢慢储蓄一种情感，酝酿一种情感，

你会觉得生命更富有，更圆满。

独自

◎ 贾平凹

艰艰难难地爬到十楼上去，想象着打开办公室的后门，没骨没筋的一堆身子的肉丢在沙发里，燃一支烟，深深地往腔中吸，再悠悠地吐出唇外，暖和的阳光从窗子半照了膀子，看一只幽灵似的蜜蜂在那盆仙人球新开的嫩花上盘旋，梦着这没有电梯的高空住宅，人应该有一双能装能卸能折叠于口袋的翅膀。但是，气喘吁吁地来到办公室门口了，方记得开门的钥匙还在楼下；当注目一个漂亮女子而大受她回视一笑的幸福，自行车忘记了锁。开门的钥匙同开车的钥匙拴在一起，正占据了车锁眼吧？

天生的不是倾国倾城的貌，却有多愁多病的身，多么想参加体育运动。但运动会是一种比赛，是畸形人对金牌的追逐，他们做残酷的训练。可怜的 D，风中旗子一样的人物，拎着一堆金牌回来了，他说他的同伴，有的高得一走三摆，有的青年了还是少年的发育，有的伤残在赛场，有的在赛场猝然长逝。他是最幸运的，安全归来，却终日煎起了药罐。于是这世上孱弱而长寿者，他们的健身之道倒是：不参加任何体育运动。

累其身骨，劳其心志，终算挣出个“名人”。“名人”的家门一天到晚地被敲响着；自己不得安静，左邻右舍也鸡犬不宁。病倒了，探视的人挺多，说：“你要多休息！”一个人这么说了，另一个接踵而来的也这么说，“名人”哪有空余休息？“名人”想，今日来亲善的是这些人，某一日凶恶的也是这些人呢！遂在门上写了“出差在外，家中无人，请勿敲门”，用的是反空城计，竟把千里之外的老爹也挡回了。正当收到老爹返回后寄来的信懊丧不已，匆匆去街上给老人复信，回来门却开了，屋里一片狼藉：贼偷了新领的工资，只好撕了门上字条。

于晚风习习的大街十字路口，与她分手了，一个往西，一个继续往北，只要在自行车上说一声“再见”即可，她即跳下车子，凄凄地立于那儿，还要说出许多话来，她说她的软弱，美丽本是女人的资本，她却受尽了同性的嫉恨和吃不到葡萄的狐狸的迫害，她哀叹她的处境，预感说可能要遭到别人的诽谤打击，而她的勇气和力量几乎耗尽了。回答的是：“不用，危险时候我会保护你的！”这一句话，已使她眼睛明亮，寒夜里瑟瑟作抖的身子稳健起来。她感激着要再送一程，两辆车子在朦胧的街灯下前行，也就在这个时候，一头呼啸的卡车奔来。司机喝醉了，车也在醉，车轮压过来的一瞬，她呼叫着，一脚向外踹倒另一辆自行车，而她被车轮卷去，拖死了。

只知道这一个中国北方最古老的城市，只知道这个城市中一个最美丽的公园，公园的历史却绝少有人提及。尘封的城志上记载，二十世纪二十年代的时候一位著名将军领导了一场卫城战争，八个月艰苦的坚守，伤亡了数万军民，城市保住了。生存的市民为了纪念这些烈士，将他们的遗骨集中埋葬在一块荒地中的大坑，清理了乱石，栽植了林木，铲除了杂草，培育了鲜花。一年一年地过去，一年一年营造着这块地方，这地方遂为公园，柳树成荫，鸟语花香，亭台楼阁处处，红男绿女不绝。又是一年一年过去，当新的市民又往公园悠闲之时，幽美的环境使他们惬意，唯一处却觉得刺眼，那楼亭花木中央的一个偌大如小丘的坟茔是那样与四周不和谐，几乎是破坏整个公园的情调了。于是，他们说，夷平这个土丘吧。夷平的黄土堆往哪儿？聪明的人就建议何不运些冥顽怪石就在土丘上造一座假山呢！假山造就了，完满了一个美丽公园最美丽的景致。

上帝啊，我这个由女娲用黄土捏成的人身子，不管怎样的按时洗澡，永远是搓不完的泥垢。三十六年的岁月，耗尽了燃升于头顶的近一半的光焰，我却是这样的困惑。完全的黑暗使我目不能视，完全的光明也使我目不能视。想得的得不到我是多可悲的角色，得到了想得到的我仍是可悲的角色。为什么让我贪图肉体的快感而来完成最繁累的生育劳作？为什么口腔的紧张不息的一呼一吸而人平时从未感觉？辛辛苦苦去种麦子，收获的是比麦粒多得多的麦草，一时在了解清楚了身子某一部位这一部位肯定是病了。雕虫者认作技，太诚者却为奸。我有负人忏悔，人有负我的报复。大智若愚，大言不美。人生给我的是这么多残缺，生活的艺术如此遗憾，这一切难道是教育我人不仅是一个洋葱头一样有无数层壳的复杂，也同时是满有皱纹的硬壳的核桃要砸开方能见到那如成熟大脑一样的果仁？要我接受着这一切孤独和折磨而来检验我的承受能力以至于在这种严酷的承受中让我获得人生的另一番快愉？！

幽幽的寺院里，我似乎听见了僧问法老：古镜如何打磨亮？法老说：古镜不打磨自亮。

孤独是生命圆满的开始

◎ 蒋勋

很有趣的是，在我自己出版的作品里，销路比较好的都是一些较为温柔敦厚者。我有温柔敦厚的一面，例如会帮助晚上跳墙的学生回去，写在小说里就是有一个皆大欢喜的圆满结局。我也有叛逆的一面，如《因为孤独的缘故》《岛屿独白》两本作品，却只获得少数人的青睐——我很希望能与这些读者交流，让我更有自信维持自己的孤独，因为我一直觉得，孤独是生命圆满的开始，没有与自己独处的经验，不会懂得和别人相处。

所以，生命里第一个爱恋的对象应该是自己，写诗给自己，与自己对话，在一个空间里安静下来，聆听自己的心跳与呼吸，我相信，这个生命走出去时不会慌张。相反的，一个在外面如无头苍蝇乱闯的生命，最怕孤独。二十世纪七十年代，我在法国时读到一篇报道，社会心理学家发现巴黎的上班族一回到家就打开电视、打开收音机，他们也不看也不听，只是要有个声音、影像在旁边；这篇报道在探讨都市化后的孤独感，指出在工商社会里的人们不敢面对自己。

我们也可以自我检视一下，在没有声音的状态下，你可以安静多久？在没有电话、传真，没有电视、收音机，没有计算机、没有网络的环境中，你可以怡然自得吗？

后来我再回到法国去，发现法国人使用电脑的情况不如中国台湾的普遍，我想那篇报道及早提醒了人与自己、与他人相处的重要性。所以现在你到巴黎去，会觉得很惊讶，他们家里没有电视，很少人会一天二十四小时带着手机。

有时候你会发现，速度与深远似乎是冲突的，当你可以和自己对话，慢慢地储蓄一种情感，酝酿一种情感时，你便不再孤独；而当你不能这么做时，永远都在孤独的状态，你跑得愈快，孤独追得愈紧，你将不断找寻柏拉图寓言中的另外一半，却总是觉得不对；即使最后终于找到“对的”另外一半，也失去耐心，匆匆就走了。

“对的”另外一半需要时间相处，匆匆来去无法辨认出另外一半的真正面目。我们往往会列出一堆条件来寻找符合的人，身高、体重、工作、薪水……网络交友尤其明显，只要输入交友条件，便会跑出一长串的名单，可是感觉都不对。

所有你认为可以简化的东西，其实都很难简化，反而需要更多时间与空间。与自己对话，使这些外在的东西慢慢沉淀，你将会发现，每一个人都可以是你的另外一半。因为你会从他们身上找到一部分与生命另外一半相符合的东西，那时候你将更不孤独，觉得生命更富有、更圆满。

沉默

◎ 周作人

林语堂先生说，法国一位演说家劝人缄默，成书三十卷，为世所笑，所以我现在做讲沉默的文章，想竭力节省，以原稿纸三张为度。

提倡沉默从宗教方面讲来，大约很有材料，神秘主义里很看重沉默，美忒林克便有一篇极妙的文章。但是我并不想这样做，不仅因为怕有拥护宗教的嫌疑，实在是没有这种知识与才力。现在只就人情世故上着眼说一说吧。

沉默的好处第一是省力。中国人说，多说话伤气，多写字伤神。不说话不写字大约是长生之基，不过平常人总不易做到。那么一时的沉默也就很好，于我们大有裨益。三十小时草成一篇宏文，连睡觉的时光都没有，第三天必要头痛；演说家在讲台上呼号两点钟，难免口干喉痛，不值得甚矣。若沉默，则可无此种劳苦——虽然也得不到名声。

沉默的第二个好处是省事。古人说："口是祸门"，关上门，贴上封条，祸便无从发生（"闭门家里坐，祸从天上来"，那只算是"空气传染"，又当别论），此其利一。自己想说服别人，或是有所辩解，照例是没有什么影响，而且愈说愈是渺茫，不如及早沉默，虽然不能因此而说服或辩明，但至少是不会增添误会。又或别人有所陈说，在这面也照例不很能理解，极不容易答复，这时候沉默是适当的办法之一。古人说不言是最大的理解，这句话或者有深奥的道理，据我想则在我至少可以藏过不理解，而在他也就可以有猜想被理解了之自由。沉默之好处的好处，此其二。

善良的读者们，不要以为我太玩世（Cynical）了吧？老实说，我觉得人之互相理解是至难——即使不是不可能的事，而表现自己之真实的感情思想也是同样地难。我们说话作文，听别人的话，读别人的文，以为互相理解了，这是一个聊以自娱的如意的好梦，好到连自己觉到了的时候也还不肯立即承认，知道是梦了却还想在梦境中多流连一刻。其实我们这样说话作文无非只是想这样做，想这样聊以自娱，如其觉得没有什么可娱，那么尽可简单地停止。我们在门外草地上翻几个筋斗，想象那对面高楼上的美人看看（明知她未必看见），很是高兴，是一种办法；反正她不会看见，不翻筋斗了，且卧在草地上看云吧，这也是一种办法。两种都是对的，我这回是在做第二个题目罢了。

我是喜翻筋斗的人，虽然自己知道翻得不好。但这也只是不巧妙罢了，未必有什么害处，足为世道人心之忧。不过自己的评语总是不大靠得住的，所以在许多知识阶级的道学家看来，我的筋斗都翻得有点不道德，不是这种姿势足以坏乱风俗，便是这个主意近于妨害治安。这种情形在中国可以说是意表之内的事，我们也并不想因此而变更态度，但如民间这种倾向到了某一程度，翻筋斗的人至少也应有想到省力的时候了。

三张纸已将写满，这篇文应该结束了。我费了三张纸来提倡沉默，因为这是对于现在中国的适当办法。——然而这原来只是两种办法之一，有时也可以择取另一办法：高兴的时候弄点小把戏，"藉资排遣"。将来别处看有什么机缘，再来聒噪，也未可知。

零余者

◎ 郁达夫

Arm am Beutel，Krank am Herzen，

Schleppt ich meine langen Fage.

Armut ist die groesste plage，

Reichtum ist das hoechste Gut.

不晓在什么时候什么地方看见过这几句诗，轻轻地在口头念着，我两脚合了微吟的拍子，又慢慢地在一条城外的大道上走了。

袋里无钱，心头多恨。

这样无聊的日子，教我挨到何时始尽。

啊啊，贫苦是最大的灾星，

富裕是最大的幸运。

诗的意思，大约不外乎此，实际上人生的一切，我想也尽于此了。“不过令人愁闷的贫苦，何以与我这样的有缘？使人生快乐的富裕，何以总与我绝对的不来接近？”我眼睛呆呆地注视着前面空处，两脚一步一步踏上前去，一面口中虽在微吟，一面于无意中又在作这些牢骚的想头。

是日斜的午后，残冬的日影，大约不久也将收敛光辉了；城外一带的空气，仿佛要凝结拢来的样子。视野中散在那里的灰色的城墙，冰冻的河道，沙土的空地荒田，和几丛枯曲的疏树，都披了淡薄的斜阳，在那里伴人的孤独。一直前面大约在半里多路前的几个行人，因为他们和我中间距离太远了，在我脑里竟不发生什么影响。我觉得他们的几个肉体，和散在道旁的几家泥屋及左面远立着的教会堂，都是一类的东西；散漫零乱，中间没有半点联络，也没有半点生气，当然也没有一些儿的情感了。

“唉嘿，我也不知在这里干什么？”

微吟倦了，我不知不觉便轻轻地长叹了一声，慢慢地走去，脑里的思想，只往昏暗的方面进行；我的头愈俯愈下了。

——实在我的衰退之期，来得太早了。……像这样一个人在郊外独步的时候，若我的身子忽能同一堆春雪遇着热汤似的消化得干干净净，岂不很好吗？……回想起来，又觉得我过去二十余年的生涯是很长的样子……我什么事情没有做过？……儿子也生了，女人也有了，书也念了，考也考过好几次了，哭也哭过，笑也笑过，嫖赌吃着，心里发怒，受人欺辱，种种事情，种种行为，我都经历过了，我还有什么事情没有做过？……等一等，让我再想一想看，究竟有没有什么我没有经历过的事情了……自家死还没有死过，啊，还有还有，我高声骂人的事情还不曾有过，譬如气得不得了的时候，放大了喉咙，把敌人大骂一场的事情。就是复仇复了的时候的快感，我还没有感得过。……啊啊！还有还有，监牢还不曾坐过……唉，但是假使这些事情，都被我经历过了，也有什么？结果还不是一个空吗？……嘿嘿，嗯嗯。——到了这里，我的思想的连续又断了。

袋里无钱，心头多恨，

这样无聊的日子，教我挨到何时始尽。

啊啊！贫苦是最大的灾星，

富裕是最大的幸运。

微微地重新念着前诗，我抬起头来一看，觉得太阳好像往西边又落了一段，倒在右首路上的影子，更长起来了。从后面来的几乘人力车，也慢慢地赶过了我。一边让他们的路，一边我听取了坐车的人和车夫在那里谈话的几句断片。他们的话题，好像是关于女人的事情。啊啊，可羡的你们这几个虚无主义者，你们大约是上前边黄土坑去买快乐去的吧，我见了你们，倒恨起我自家没有以前的生趣来了。

一边想一边往西北地走去，不知不觉已走到了京绥铁路的路线上。从此偏东北的再进几步，经过了白房子的地狱，便可顺了通万牲园的大道进西直门去的。苍凉的暮色，从我的灰黄的周围逼近拢来，那倾斜的赤日，也一步一步地低垂下去了。大好的夕阳，留不多时，我自家以为在冥想里沉没得不久，而四边的急景，却告诉我黄昏将至了。在这荒野里的物体的影子，渐渐地散漫了起来。不知从何处吹来的微风，也有些急促的样子，带着一种惨伤的寒意。后面踱踱踱踱地又来了一乘空的运货马车，一个披着光面皮里子的车夫，默默地斜坐在前头车板上吃烟，我忽而感觉得天寒岁暮，好像一个人漂泊在俄国的乡下。马车去远了，白房子的门外，有几乘黑旧的人力车停在那里。车夫大约坐在踏脚板上休息，所以看不出他们的影子来，我避过了白房子的地狱，从一块高堋上的地里，打算走上通西直门的大道上去。从这高处向四边一望，见了凋丧零乱排列灰色幕上的野景，更使我感得了一种日暮的悲哀。

——唉唉，人生实在不知究竟是什么一回事？歌歌哭哭，死死生生……世界社会，兄弟朋友，妻子父母，还有恋爱，啊吓，恋爱，恋爱，恋爱……还有金钱……啊啊。

……Armut ist die

groesste plage,

Reichtum ist das hoechste Gut.

好诗好诗！

The curfew tolls the knell of parting day,
The lowing herd winds slowly o'er the log,
The ploughman homeward plods his weary way
And leaves the world to darkness and to me.

好诗好诗！

And leaves the world to darkness and to me.

我的错杂的思想，又这样地弥散开来了。天空高处，寒风呜呜地响了几下。我俯倒了头，尽往东北地走去，天就快黑了。

远远的城外河边，有几点灯火，看得出来；大约紫蓝的天空里，也有几点疏星放起光来了吧？大道上断续地有几乘空马车来往，车轮的踱踱踱踱的声音，好像是空虚的人生的反响，在灰暗寂寞的空气中散了，我遵了大道，以几点灯火作了目标，将走近西直门的时候，模糊隐约的我的脑里，忽而起了一个霹雳，到这时候止，常在脑里起伏的那些毫无系统的思想，都集中在一个中心点上，成了一个霹雳，显现了出来。

“我是一个真正的零余者！”

这就是霹雳的核心，另外的许多思想，不过是那些附属在这霹雳上的枝节而已，这样的忽而发见了思想的中心点，以后我就用了科学的方法推想了下去：

——我的确是一个零余者，所以对于社会人世是完全没有用的。a superfluous man ！a useless man ！superfluous ！superfluous……证据呢？这是很容易证明的……

这时候，我的两只脚已经在西直门内的大街上运转。四边来往的人类，究竟比城外混杂得多，天也已经昏黑，道旁的几家破店和小摊，都点上灯了。

——第一……我且从远处说起吧……第一，我对于世界是完全没有用的。……我这样生在这里，世界和世界上的人类，也不能受一点益处；反之，我死了，世界社会，也没有一些儿损害，这是千真万确的。……第二，且说中国吧！对于这样混乱的中国，我竟不能制造一个炸弹，杀死一个坏人。中国生我养我，有什么用处呢？……再缩小一点，嗳，再缩小一点。第三，第三且说家庭吧！啊，对于我的家庭，我却是个少不得的人了。在外国念书的时候，已故的祖母听见说我有病，就要哭得两眼红肿。就是半男性的母亲，当我有一次醉死在朋友家里的时候，也急得大哭起来，此外我的女人，我的小孩，当然是少我不得的！哈哈，还好还好，我还是个有用之人。

想到了这里，我的思想上又起了一个冲突。前刻发现的那个思想上的霹雳，几乎可以取消的样子，但迟疑了一会，我终究解决不了这个问题的矛盾性。抬起头来一看，我才知道我的身体已被我搬在一条比较热闹的长街上行动。街路两旁的灯火很多，来往的车辆也不少，人声也很嘈杂，已经是真正的黄昏时候了。

——像这样的时候，若我的女人在北京，大约我总不会到市上来飘荡的吧！在灯火底下，抱了自家的儿子，一边吻吻他的小嘴，一边和来往厨下忙碌的她问答几句，踱来踱去，踱去踱来，多少快乐啊！啊啊，我对于我的女人，还是一个有用之人哩！不错不错，前一个疑问还没有解决，我究竟还是一个有用之人吗？

这时候，我意识里的一切周围的印象，又消失了。我还是伏倒了头，慢慢地在解决我的疑问：

——家庭，家庭……第三，家庭……让我看，哦，啊，我对于家庭还是一个完全无用之人！……丝毫没有功利主义的存心，完全沉溺于盲目之爱的我的祖母，已经死了。母亲呢？……啊啊，我读书学术，到了现在，还不能做出一点轰轰烈烈的事业来，就是这几个钱……

我那时候两只手却插在大氅的袋内，想到了这里，两只手自然而然地向袋里散放着的几张钞票捏了一捏。

——啊啊，就是这几块钱，还是昨天从母亲那里寄出来的，我对于母亲有什么用处呢？我对于家庭有什么用处呢？我的女人，我不去娶她，总有人会娶她的；我的小孩，我不去生他，也有人会生他的，我完全是一个无用之人吓，我依旧是一个无用之人吓！——

急转直下地想到了这里，我的胸前忽觉得有一块铁板压着似的难过得很。我想放大了喉咙，“啊”地大叫它一声，但是把嘴张了好几次，喉头终放不出音来，没有方法，我只能放大了脚步，向前同跑也似的急进了几步。这样的不知走了几分钟，我看见一乘人力车跑上前来兜我的买卖。我不问皂白，跨上了车就坐定了。车夫问我上什么地方去，我用手向前指指，喉咙只是和被热铁封锁住的一样，一句话也讲不出来，人力车向前面跑去，我只见许多灯火人类，和许多不能类列的物体，在我的两旁旋转。

“前进，前进！像这样的前进吧！不要休止，不要停下来！”

我心里一边在这样的希望，一边却在恨车夫跑得太慢。

雨前

◎ 罗黑芷

时节是阴历六月中旬的一日。微细到分辨不清的油一般的小汗粒从肥壮的章君的鼻头和颊上续续渗出，随后竟漫延到颈际了。他睡在一间胡乱叫作书斋的房中一张藤躺椅上；照那样子看去，可以称为是午后二时光景的夏天的打盹。一只赤露的胳膊旁逸到藤椅的外侧，软软地向下垂着，那一只却屈弯在椅扶手上；两条腿和脚挺直伸出，叉开来搁在椅前的地方；那全身颇像一个三岁孩子用秃笔涂成的畸形的“大”字。他蒙眬合着眼皮；那歪在椅顶枕上的发毛毵毵的脑袋，有时因为一两匹小蝇在他眼缝或嘴角的湿津津的处所吮咂得厉害，便“唔”地在梦中发出了向来不曾有仇但为什么定要来烦扰的不得已的抗议，于是只得摆动一下，随即那鼻孔里似乎又有了小的鼾声了。

窗外的天空不像是可以教人看了会愉快的天空：说是夏天，总应该是清清朗朗有润凉的西南风吹送着一小片白云过来的，可以使人悠然遐思的天空；可是那在四边地平线上层层叠叠堆上了还要堆上去似的隐藏在树林背后的云，不绝地慢慢向天顶推合，虽不曾响着雷声，人的心里总以为“快响雷了吧？”的这样沉闷暑湿的天气，所以竟使大小的蝇时刻攒围在这个有些汗臭的肉体的身旁，而且一只很大的蚊虫叮在他的屁股旁边，本能的作用使他那条大腿上的肉不时颤动。

什么像鞋匠正用锤子在木砧上敲打鞋底似的连续而又中断的响声，正从那边的厢房里送到这半眠着的人的耳膜上，那震动特别尖锐。模模糊糊的意识使他在心里猜疑：这简直变成鞋匠店了吗？不错，他的妻子恰正在房里做着鞋匠。十多只尚未完工的大形小形的布鞋底，像干鱼一般横七竖八散乱在桌上凳上和竹榻上。伊却仿佛是一个永不会变动的世界里的人，和十年前一模一样的，手里捶打着伊自己的和伊儿女的鞋底，同时又和伊的老得像一座陈朽的留声机似的母亲唧唧哝哝不间歇地作长谈，而且有快乐的笑声时常从伊们中间漏了出来。这使藤椅上半睡着的人奇异地感到：他仿佛被人装纳在一个大的满盛着棉花的麻布袋内，同时又仿佛浮在幽远的古昔所吹来的空旷的寂寞里，又伤感，又新鲜，教人很愿意就这样睡着不动地给搬运了去。我们要为他祝祷平安，为这个半睡着的人。

全个身躯动弹了一下，大约是一只苍蝇爬上他的鼻尖了，或者是那叮在屁股旁边的大蚊虫把那长针般的嘴从肉里抽了出来，于是他醒了。

他从椅上抬起身来，坐着，抓起那柄落在椅旁地上的破葵扇，向头面胸部不成仪式地乱扑了几下："热呵！"便站了起来，慢慢踱离开去，似乎预备了要去寻找那什么地方会挂搭着的冷湿的毛巾来拭干脸上颈上和胸前的汗水和油脂。一颗蚕豆大的红色肉疱在他右股上坟肿起来了，有点麻麻作痒，他用手爪去搔爬。

窗内的空气是湿漉漉的带有浴堂的气味，窗外的天色是那样恹恹地灰白得骇人。在窗角的上方有一个半大的蜘蛛正忙着结网。天边什么地方已经轰轰地响着低的雷声了。

他看着那搁置洗面盆架的上方墙上的挂钟，铛铛地鸣了五下：其实长针正到了十二点，而短针却又停在三点过一分的地方。内面的机械早生了锈蚀的挂钟的报时，原来只能求其如此。做着主人翁的颇能首肯这一种时间的错乱，他走出到阶前了。

一个人也不见。那厢房内敲打鞋底的响声也不知在什么时候早沉寂了。天空还是那样的天空，有厚的薄的云块推动着。在这种境地，一个人每每能够瞧着眼前的大小参差的种种物象而寻不出一点意见来。

院中，此刻也如昨日一样，如前日一样，两端各矗立着一株被毛虫吃得快残废了但仍旧纷披地缀着些网膜一般的枯叶的月桂；中间是一个长方形残缺的花坛，蓬蓬杂杂从里面生出些黄瓜的藤蔓，一株幼小的柘树的枝叶，和许多开着小点白花的野草之类的植物；在花坛外面，那做着基础的砖缝里剥落了灰泥而被青苔占领了阴湿处，挺生出一株二尺来高的凤仙花，因为无风，那些叶儿一动也不动。

单从这院中的情形看来，进步是没有的，退化也似乎只退到物质那方面的穷。这样的文句或许有点受着时代的叱责的嫌疑吧？然而在这个地方，西方的气味无论如何是没有的了。

他走近一步，现在站在那阶沿的边；觉到头顶上的云块中间仿佛透下一线明亮的光，在阶下不远的一洼黑色的污水里忽然倒映着那株凤仙花的鲜明的姿影。那黑色的水底，此时看去，仿佛是无尽穷的窎渺，无尽穷的空阔，一种黝黑而蔚蓝的光穿透了那凤仙花的每匹明亮的绿色的叶背，射在每朵掩盖在叶下的淡红色的花瓣上，刹那间变成了莲青色。那花的全体亭亭地倒植在这个璀璨明净的世界里，倘若落下一瓣一叶，必定是会作破碎的琉璃的响声的。谁能够移到这个世界里去呢？他想：倘若他能够立刻像一只蜻蜓，展开翼翅，贴近那水面飞旋，他或许可以看见更辽阔更明净的另一个宇宙，而且倘若他能够像一个浮生子，一直向那有光的里面撞了进去，他便可以清凉无汗地在那里面的空中翱翔起来，忘记这个繁杂昏瞀的现世了。

然而那一洼浅水，深不到二寸，无论那样肥壮的人撞不进去；即使是那细小的浮子也只能飘停在水面；纵令翱翔，只在宽广不过尺余的空间罢了。他大概这样想着吧？ 真的，这样一看着泥浆便会想出莫名其妙的事情来的头脑，一定是有了什么神经上的障碍呵！

沉闷的热的空气沾在皮肤上，在肥壮的人，是比什么都更不爽快的事。从这檐际仰望去，一大块灰色的云横过来了。试想这屋外，人的视野所能吸收进来的树林，山野，屋舍，稻田，必定都扁扁地贴伏在地面上，静听着云端里的低的雷声。忽然几颗很大的雨点飒飒地打在他的额上了。那突然感到凉意而仰望着的脸无端地浮出了些微笑。

长江轮上

◎ 叶紫

深夜，我睡得正浓的时候，母亲突然将我叫醒：

“汉生，你听！什么东西在叫？……我刚刚从船后的女茅房里回来……”

我拖着鞋子。茶房们死猪似的横七竖八地倒在地上，打着沉浊的鼾声。连守夜的一个都靠着舱门睡着了。别的乘客们也都睡了，只有两个还在抽鸦片，交谈着一些令人听不分明的，琐细的话语。

江风呼啸着。天上的繁星穿钻着一片片的浓厚的乌云。浪涛疯狂地打到甲板上，拼命似的，随同泡沫地飞溅，发出一种沉锐的，创痛的呼号！母亲畏缩着身子，走到船后时，她指着女厕所的黑暗的角落说：“那里！就在那里……那里角落里！有点什么声音的……”

“去叫一个茶房来？”我说。

“不！你去看看，不会有鬼的……是一个人也不一定……”

我靠着甲板的铁栏杆，将头伸过去，就有一阵断续的凄苦的呜咽声，从下方，从浪花的飞溅里，飘传过来：

“啊哟……啊啊哟……”

“过去呀！你再过去一点听听看！”母亲推着我的身子，关心地说。

“是一个人，一个女人！”我断然回答着。“她大概是用绳子吊在那里的，那根横着的铁棍子下面……”

一十五分钟之后，我遵着母亲的命令，单独地，秘密而且冒险地救起了那一个受难的女人。

她是一个大肚子，一个四十岁上下的乡下妇人，她的两腋和胸部都差不多给带子吊肿了。当母亲将她拉到女厕所门前的昏暗的灯光下，去盘问她的时候，她便眯着一双长着萝卜花瘤子的小眼，惶惧地，幽幽地哭了起来。

“不要哭呢！蠢人！给茶房听见了该死的……”母亲安慰地，告诫地说。

她开始了诉述她的身世，悲切而且简单：因为乡下闹灾荒，她拖着大肚子，想同丈夫和孩子们从汉口再逃到芜湖去，那里有她的什么亲戚。没有船票，丈夫孩子们在开船时都给茶房赶上岸了，她偷偷地吊在那里，因为是夜晚，才不曾被人发觉……

朝我，母亲悠长地叹了一口气说：

“两条性命啊！几乎……只要带子一断……”回头再对着她：“你暂时在这茅房里藏一藏吧，天就要亮了。我们可以替你给账房去说说好话，也许能把你带到芜湖的……”

我们仍旧回到舱中去睡了。母亲好久还在叹气呢！……但是，天刚刚一发白，茶房们就哇啦哇啦地闹了起来！

“汉生！你起来！他们要将她打死哩！……”母亲急急地跺着脚，扯着我的耳朵。她不知道在什么时候爬起来了。

“谁呀？”我睡意蒙眬地，含糊地说。

“那个大肚子女人！昨晚救起来的那个！……茶房在打哩！……”

我们急急地赶到船后，那里已经给一大群早起的客人围住着。一个架着眼镜披睡衣的瘦削的账房先生站在中央，安闲地咬着烟卷，指挥着茶房们的拷问。大肚子女人弯着腰，战栗地缩成一团，从散披着的头发间晶晶地溢出血液。旁观者的搭客，大抵都像看着把戏似的，觉得颇为开心；只有很少数表示了“爱莫能助”似的同情，在摇头，吁气！

我们挤到人丛中了，母亲牢牢地跟在我的后面。一个拿着棍子的歪眼的茶房，向我们装出了不耐烦的脸相。别的一个，麻脸的，凶恶的家伙，睁着狗一般的黄眼睛，请示似的，向账房先生看了一眼，便冲到大肚子的战栗的身子旁边，狠狠地一脚——

那女人尖锐地叫了一声，打了一个滚，四肢立刻伸开来，挺直在地上！

“不买票敢坐我们外国人的船，你这烂污货！……”他赶上前来加骂着，俨然自己原就是外国人似的。

母亲急了！她挤出去拉住着麻子，怕他踢第二脚，一面却抗议似的责问道：

“你为什么打她呢？这样凶！……你不曾看见她的怀着小孩的肚子吗？”

“不出钱好坐我们外国人的船吗？”麻子满面红星地反问母亲；一面瞅着他的账房先生的脸相。

“那么，不过是——钱喽……”

“嗯！钱！……”另外一个茶房加重地说。

母来沉思了一下，没有来得及想出来对付的办法，那个女人便在地上大声地呻吟了起来！一部分的看客，也立时开始了惊疑的、紧急的议论。但那个拿棍子的茶房却高高地举起了棍子，企图继续地扑打下来。

母亲横冲去将茶房拦着，并且走近那个女人的身边，用了绝大的怜悯的眼光，看定她的大肚子。突然地，她停住了呻吟，浑身痉挛地缩成一团，眼睛突出，牙齿紧咬着下唇，喊起肚子痛来了！母亲慌张地弯着腰，蹲了下去，用手替她在肚子上慢慢地，一阵阵地，抚摸起来。并且，因了过度地愤怒的缘故，大声地詈骂着残暴的茶房，替她喊出了危险的，临盆的征候！

看客们都纷纷地退后了。账房先生嫌恶地，狠狠地唾了一口，也赶紧走开了。茶房们因为不得要领，狗一般地跟着，回骂着一些污秽的恶语，一直退进到自己的舱房。

我也转身要走了，但母亲将我叫住着，吩咐立即到自己的铺位子上去，扯下那床黄色的毯子来，并且借一把剪刀和一根细麻绳子。

我去了，匆忙地穿过那些探奇的，纷纷议论的人群，拿着东西回来的时候，母亲已经解下那个女人的下身了。地上横流着一大摊秽水。她的嘴唇被牙齿咬得出血，额角上冒出着豆大的汗珠，全身痛苦地，艰难地挣扎着！她一看见我，就羞惭地将脸转过去，两手乱摇！但是，立时间，一个细小的红色的婴儿，秽血淋漓地钻出来了！在地上跌了一个翻身，哇哇地哭诉着她那不可知的命运！

我连忙转过身去。母亲费力地喘着气，约有五六分钟久，才将一个血淋淋的胎衣接了出来，从我的左侧方抛到江心底深处。

“完全打下来的！”母亲气愤地举着一双血污的手对我说，“他们都是一些凶恶的强盗！……那个胎儿简直小得带不活，而他们还在等着向她要船钱！”

“那么怎么办呢？”

“救人要救彻！……”母亲用了毅然的，慈善家似的口吻说。“你去替我要一盆水来，让我先将小孩洗好了再想办法……”

太阳已经从江左的山岸中爬上来一丈多高了。江风缓和地吹着，完全失掉了它那夜间的狂暴的力量。从遥远的，江流的右岸底尖端，缓缓地爬过来了一条大城市的尾巴的轮廓。

母亲慈悲相地将孩子包好，送到产妇的身边，一边用毯子盖着，一边对她说：

“快到九江了，你好好地看着这孩子……恭喜你啊！是一个好看的小姑娘哩！……我们就去替你想办法的。……”

产妇似乎清醒了一些，睁开着凄凉的萝卜花的眼睛，感激地流出了两行眼泪。

在统舱和房舱里（但不能跑到官舱间去），母亲用了真正的慈善家似的脸相，叫我端着一个盘子，同着她向搭客们普遍地募起捐来。然而，结果是大失所望。除了一两个人肯丢下一张一角或两角的钞票以外，剩下来的仅仅是一些铜圆；一数，不少不多，刚刚合得上大洋一元三角。

母亲深沉地叹着气说：“做好事的人怎么这样少啊！”从几层的纸包里，找出自己仅仅多余的一元钱来，凑了上去。

“快到九江了！”母亲再次走到船后，将铜板、角票和洋钱捏在手中，对产妇说：“这里是二元多钱，你可以收藏一点，等等账房先生来时你自己再对他说，给他少一点，求他将你带到芜湖！……当然，”母亲又补上去一句，“我也可以替你帮忙说一说的……”

产妇勉强地挣起半边身子，流着眼泪，伸手战栗地接着钱钞，放在毯子下。但是，母亲却突然地望着那掀起的毯子角落，大声地呼叫了起来：

“怎么！你的孩子？……”

那女人慌张而且惶惧地一言不发，让眼泪一滴赶一滴地顺着腮边跑将下来，沉重地打落在毯子上。

“你是将她抛了吗？你这狠心的女人！”

“我，我，我……”她嚅嚅地，悲伤地低着头，终于什么都说不出。

母亲好久好久地站立着，眼睛盯着江岸，盯着那缓缓地爬过来的，九江的繁华的街市面不作声，浪花在船底哭泣着，翻腾着！——不知道从哪一个泡沫里，卷去了那一个无辜的，纤弱的灵魂！……

“观世音娘娘啊！我的天哪！一条性命啊！……”

茶房们又跑来了，这一回是奉了账房先生的命令，要将她赶上岸去的。他们两个人不说情由地将她拖着，一个人替她卷着我们给她的那条弄满血污的毯子。

船停了。

母亲的全部慈善事业完全落了空。当她望着茶房们一面拖着那产妇抛上岸去，一面拾着地上流落的铜板和洋钱的时候，她几乎哭了起来。

辑二

月朗星疏，且歌且行

夜色中窗户上的暖暖灯光，晃晃人影，

碰撞的碗筷，窸窣的话声，

是我永远的憧憬和向往。

给小水的三封信

◎ 史铁生

孤独

孤独不好，孤独意味着自我封闭和满足。孤独感却非坏事，它意味着希望敞开与沟通，是向往他者的动能。以我的经验看，想象力更强、艺术感觉更敏锐的人，青春期的孤独感尤其会强烈；原因是他对未来有着更丰富的描绘与期待。

记得我在中学期间，孤独感也很强烈，但自己不知其名，社会与家人也多漠视，便只有忍耐。其实连忍耐也不意识，但确乎是有些惶然的心情无以诉说。但随着年龄增长，不知自何日始，却已不再恐慌。很可能是因为，渐渐了解了社会的本来面目，并有了应对经验——但这是次要的，根本是在于逐渐建立起了信念——无论是对自己所做之事，还是对生活本身。

那时我还不像你，对学习有着足够的兴趣，只是被动地完成着功课。所以，课余常就不知该干什么。有时去去阅览室，胡乱翻翻而已。美术老师倒挺看重我，去了几回美术组，还得到夸奖，却不知为什么后来也就不去。见别人兴致勃勃地去了田径队、军乐队、话剧队……心中颇有向往，但也不主动参加。申请参加，似乎是件不大好意思的事，但也不愿承认是不好意思，可到底是因为什么也不深问。然而心里的烦恼还在，于是，更多时候便只在清华园里转转。若有几个同学一块儿转还好，只是自己时，便觉心中、周围，乃至阴云下或阳光里都是空空落落，于是很想回家。可真要回到家，又觉无聊，家人也不懂你，反为家人的无辜又添歉意。其实自己也不弄懂自己，虽终日似有所盼，但具体是什么也不清楚。

现在才懂，那就叫“成长的烦恼”。身体在长大，情感在长大，想象与思考的能力都在长大，但还没能大到——比如说像弈棋高手那样——一眼看出许多步去，所以就会觉得眼前迷茫，心中躁动。就好比一个问题出现了，却还不能解答；就好像种子发芽了，但还不知能长成什么树；或就像刚刚走出家门，不知外界的条条道路都是通向哪儿，以及跟陌生的人群怎样相处；烦恼就是必然。如果只是棵树，也就容易，随遇而安呗。如果压根是块石头，大约也就无从烦恼，宇宙原本就是无边的寂寞。但是人，尤其还是个注重精神、富于想象的人，这世间便有了烦恼。人即烦恼——人出现了，才谈得上烦恼。

想象力越是丰富、理想越是远大的人，烦恼必定越要深重。这便证明了理想与现实的冲突。现实注定是残缺的，理想注定是趋向完美。现实是常数，理想是变数。因而，没有冲突只能意味着没有理想，冲突越小意味着理想越低、越弱，冲突越强，说明理想越趋丰富、完美。善思考，多想象，是你的强项；问题是要摆清楚务虚与务实的位置，尤其要分清楚什么是你想做也能做的，什么是你想做却没有条件做的，什么是你不想做但必须得做的。只要处理得当，这——现实与理想的——冲突超强，创造力就超强。

所以，我看你从事艺术或思想方面的工作也许更合适。但不急，自始至终都是一条笔直而无废步的路是没有的。路是蹚出来的，得敢于去蹚。但话说回来，对每一步都认真、努力的人来说，是没有废步的，一时看不出作用，积累起来则指不定什么时候就有用，甚至有大用。况且，一切学习与思考的目的，并不都是为了可用，更是为了心灵的自我完善。

我能给你的建议只是：直面烦恼，认清孤独，而不是躲避它、拖延它。内心丰富的人，一生都要与之打交道；而对之过多的恐惧，只是青春期的特有现象。就像你，考试之前紧张，一进考场反倒镇静下来了。就像亚当、夏娃，刚出伊甸园，恐惧尤甚，一旦上路则别有洞天。要紧的是果敢地迈出第一步，对与错先都不管，自古就没有把一切都设计好再开步的事。

记得有位大学问家说过这样的意思：别想把一切都弄清楚，再去走路；比如路上有很多障碍，将其清理到你能走过去就好，无须全部清除干净。鲁莽者要学会思考，善思者要克服的是犹豫。目的可求完美，举步之际则无须周全。就像潘多拉盒子，每一答案都包含更多疑问；走路也如是，一步之后方见更多条路。更多条路，又只能选其一条，又是不可能先把每条都探清后再决定走哪一条。永远都是这样，所以过程重于目的。当然，目的不可没有，但真正的目的在于人自身的完善。而完善，唯可于过程中求得。譬如《命若琴弦》。

恐惧

孤独源于恐惧，还是恐惧源于孤独？从现实中看好像是互为因果，但从根上说，应该是恐惧源于孤独。就是说，人最初的处境是孤独，因为人都是以个体身份来到群体之中。你只能知道自己的愿望，却不知别人都在想什么，所以恐惧。恐惧，即因对他者的不知，比如一条从未走过的路，一座从未上过的山，一个或一群不相识的人。这恐惧的必然在于，无论是谁，都必然是以自己而面对他人，以知而面对不知，以有限而面对无限。可以断定，无此恐惧的倒是傻瓜。反过来说，这样的恐惧越深，说明想象越是丰富，关切越趋全面。比如说，把路想象得越是坎坷就越是害怕，把山想象得越是险峻就越会胆怯，把别人想象得越是优秀就越是不敢去接近。惯于这样想象的人，是天生谦卑的人。

谦卑，其实是一种美德。有位大哲说过：信仰的天赋是谦卑。谦卑而又善思的人，一定会想到“压根”和“终于”这两个词——我们压根是从哪儿来，我们终于能到哪儿去？换句话说：人生原本是为了什么？人又最终能够得到什么？——只有谦卑的人才可能这样问，自以为是的人只重眼前，通常是想不起这类问题的。甚至可以说，谦卑是一切美德的根本。唯有谦卑，可让人清醒地看待这个世界；唯有谦卑可通向信仰；唯有谦卑能够让人懂得，为什么尼采说爱命运者才是伟大的人。（关于“爱命运”的问题，以后再慢慢说。）

人最初的愿望一定是“要好好活”，而最终所能实现的，一定是由自己所确认的“有意义”。为什么？因为，以人之有限的智能，是不可能把世间一切都安排得尽善尽美的，而只可能向着尽善尽美的方向走。所以，只要是在走向你认为的“有意义”，就是“好好活”了，就是活好了；反过来说，为了活好，就要做自己确认是“有意义”的事。此外，还能怎样好好活呢？

事实上，没有谁不想好好活，然而，却非人人都能为自己树立一种意义，确信它，并不屈不挠地走向它。原因是，人常把外在的成功——比如名利——视为“有意义”。可是，首先，面对无限的外在，走到哪一步才算是成功了呢？其次，外在的成功，也可以靠不良手段去获取，但这还能算是“好好活”吗？

其实，从根本上说，什么是好，什么是善、是美，乃是一个自明的真理，不用教，谁心里都清楚。否则也就不能教，不能讨论，因为，倘无一个共同的坐标系——即善与恶、好与坏、美与丑的基本标准，人与人之间是根本没法儿说话的。有人以此来证明神的存在。

所以，只有内在的成功，才真正是“有意义”。何为内在的成功？我想，只要人确信自己是在努力地“好好活”，不断地完善自己，就是内在的成功。至于外在的成就有多大都无所谓，至于跟别人比是高还是低都可以忽略。你发现没有，一跟别人比，你就跑到外在去了？一到外在，恐惧就来了，意义就值得怀疑了，脚下就乱了，不知道怎样才算是“好好活”了。

《士兵突击》中那个班长，让许三多做一个单杠动作，许三多总是数着数儿做，三十个已觉不易，便掉下杠来。班长说你数个屁数儿呀，只想着做动作！结果他做了三百三十三个。所以，你只有靠内在成功来确保意义，你只有在自己确认的意义中才能获取成功。

但是，谦卑的敌人是胆怯。不过呢，谦卑与胆怯常又是双胞胎。如何能够既保持住谦卑，又克服掉胆怯呢？真是挺难。但只有细想，你就会发现，谦卑又是内在的，从不跟别人比，而胆怯必定是因为又跑到外在去了——惧怕他者。爬山怕山高，走路恨路长，而面对他人则害怕被看不起——岂不是又跑到外在去了？所以，千万要保持住自我——这并非是说称王称霸或轻视他人，而是说，一切事，都以完善自我为目的。帮助他人也是为了完善自己，向别人讨教也是为了完善自己，爬山、行路、做题、交友，一切事都是为了完善自己，即便是遭人嘲笑，也一样能够从中完善自己。一旦太要面子，就又跑到外在去了——是以别人的目光在看自己。很多应该做的事，不想做，不敢做，这时只要想想我是为了完善自己，事情就好办多了。完善自己，当然不是为了满足虚荣，而是就像老财迷敛钱那样，一点一滴地壮大自己心灵、品德——如此，何怕之有？

其实，你的一切问题，都在于胆怯。其实我也是，一上讲台，看台下黑压压的全是人，脑袋里立刻一片空白。细究其因，还是因为跑到外在去了，生怕讲不好，落个名不副实的名声。有几次坐在台上，我忽然想到了这一点，心说去他的，只要讲的是我真心所想就行，于是立刻回归内在，便也滔滔不绝起来。交友也是一样，一怕，准就是想到了别人的目光和评价。我知道这事改起来难。本性总是比理性强大。但这不说明不应该去试试。

为什么要试呢？为了自我完善：看看我能不能放下虚荣，不怕嘲笑（也未必就会遭到嘲笑），看看我的胆量，看看在我通常的弱项上能否有所改善。是呀，完全不怕几乎是不可能的；但是，怕着，也要去试试，视之为历练自己的一个步骤、完善自己的一步行动——我的经验，只要一这样想，就不那么害怕了，就什么都是可能的了。事后，果然有人嘲笑你的话，是自己错了自己长见识（又完善一步），是别人错了却还嘲笑你——你慢慢体会吧，这其实并不太难过。

最有用的事

以我的经验看，不管对什么人来说，也无论在什么局面下，有三件事是最重要的。第一是分析处境，做到“知己知彼”。所谓知己，即清楚自己想干什么，能干什么；知彼呢，就是要弄清楚外部条件允许你干什么，和要求你必须干什么。前者是估计了你的能力，而后设定的理想或愿望。后者则包括：你想干，或者也能干，但阻碍巨大到希望非常渺茫的事；以及你不想干，但必须干的事。也可以说，前者是目标，后者是为达到目标而铺路。

想干什么，直接就能干什么，世界上几乎没有这样的事；除非是在极偶然的情况下，运气又是出奇地好。好运气来了，当然要抓住它，但任何时候都不要指望它。任何时候都要立足于自己的清醒、决断和行动。

这就说到了第二件最重要的事：决断。即在“知己知彼”之后，要为自己做出决定。决定的要点在于，一旦确认方向，就不要再犹豫。正所谓“用人不疑，疑人不用”，决定也是这样，做决定时要谨慎、周全，一旦决定就不再怀疑，做到心无旁骛，切勿浅尝辄止。人们常说：成功就在“再坚持一下”之中。

第三件事叫作：开始。前两件事完成之后，就要立刻开始，万万不可拖延。拖延的最大坏处还不是耽误，而是会使自己变得犹豫，甚至丧失信心。不管什么事，决定了，就立刻去做，这本身就能使人生气勃勃，保持一种主动和快乐的心情。总而言之是三件事，或三个步骤：知己知彼——做出决定——立即行动。这三件事或三个步骤，不单对一时一事是最有用的，在人的一生中都是最有用的。

永远的憧憬和追求

◎ 萧红

一九一一 年，在一个小县城里边，我生在一个小地主的家里。那县城差不多就是中国的最东最北部——黑龙江省——所以一年之中，倒有四个月飘着白雪。

父亲常常为着贪婪而失掉了人性。他对待仆人，对待自己的儿女，以及对待我的祖父都是同样的吝啬而疏远，甚至于无情。

有一次，为着房屋租金的事情，父亲把房客的全套马车赶了过来。房客的家属们哭着，诉说着，向着我的祖父跪了下来，于是祖父把两匹棕色的马从车上解下来还了回去。

为着这两匹马，父亲向祖父起着整夜的争吵。“两匹马，咱们是不算什么的，穷人，这两匹马就是命根。”祖父这样说着，而父亲还是争吵。

九岁时，母亲死去。父亲也就更变了样，偶然打碎了一只杯子，他就要骂到使人发抖的程度。后来就连父亲的眼睛也转了弯，每从他的身边经过，我就像自己的身上生了针刺一样：他斜视着你，他那高傲的眼光从鼻梁经过嘴角而后往下流着。

所以每每在大雪中的黄昏里，围着暖炉，围着祖父；听着祖父读着诗篇，看着祖父读着诗篇时微红的嘴唇。

父亲打了我的时候，我就在祖父的房里，一直面向着窗子，从黄昏到深夜——窗外的白雪，好像白棉一样地飘着；而暖炉上水壶的盖子，则像伴奏的乐器似的振动着。

祖父时时把多纹的两手放在我的肩上，而后又放在我的头上，我的耳边便响着这样的声音：

“快快长吧！长大就好。”

二十岁那年，我就逃出了父亲的家庭。直到现在还是过着流浪的生活。

“长大”是“长大”了，而没有“好”。

可是从祖父那里，知道了人生除了冰冷和憎恶以外，还有温暖和爱。

所以我就向这“温暖”和“爱”的方面，怀着永久的憧憬和追求。

异国秋思

◎ 庐隐

自从我们搬到郊外以来，天气渐渐清凉了。那短篱边牵延着的毛豆叶子，已露出枯黄的颜色来，白色的小野菊，一丛丛由草堆里钻出头来，还有小朵的黄花在凉劲的秋风中抖颤。这一些景象，最容易勾起人们的秋思，况且身在异国呢！低声吟着“帘卷西风，人比黄花瘦”之句，这个小小的灵宫，是弥漫了怅惘的情绪。

书房里格外显得清寂，那窗外蔚蓝如碧海似的青天和淡金色的阳光，还有挟着桂花香的阵风，都含了极强烈的，挑拨人类心弦的力量，在这种刺激之下，我们不能继续那死板的读书工作了。在那一天午饭后，波便提议到附近吉祥寺去看秋景，三点多钟我们乘了市外电车前去，这路程太近了，我们的身体刚刚坐稳便到了。走出长甬道的车站，绕过火车轨道，就看见一座高耸的木牌坊，在横额上有几个汉字写着“井之头恩赐公园”。我们走进牌坊，便见马路两旁树木葱茏，绿荫匝地，一种幽妙的意趣，萦缭脑际，我们怔怔地站在树影下，好像身入深山古林了。在那枝柯掩映中，一道金黄色的柔光正荡漾着。使我想象到一个披着金绿柔发的仙女，正赤着足，踏着白云，从这里经过的情景。再向西方看，一抹彩霞，正横在那叠翠的峰峦上，如黑点的飞鸦，穿林翩翻，我一缕的愁心真不知如何安派，我要吩咐征鸿把它带回故国吧！无奈它是那样不着迹地去了。

我们徘徊在这浓绿深翠的帷幔下，竟忘记前进了。一个身穿和服的中年男人，脚上穿着木屐，踢踏踢踏地来了。他向我们打量着，我们为避免他的觑视，只好加快脚步走向前去。经过这一带森林，前面有一条鹅卵石堆成的斜坡路，两旁种着整齐的冬青树，只有肩膀高，一阵阵的青草香，从微风里荡过来，我们慢步地走着，陡觉神气清爽，一尘不染。下了斜坡，面前立着一所小巧的东洋式茶馆，里面设了几张小矮几和坐褥，两旁列着柜台，红的蜜橘，青的苹果，五色的杂糖，错杂地罗列着。

“呀！好眼熟的地方！”我不禁失声地喊了出来。于是潜藏在心底的印象，陡然一幕幕地重映出来，唉！我的心有些抖颤了，我是被一种感怀已往的情绪所激动，我的双眼怔住，胸膈间充塞着悲凉，心弦凄紧地搏动着。自然是回忆到那些曾被流年蹂躏过的往事：“唉！往事，只是不堪回首的往事呢！”我悄悄地独自叹息着。但是我目前仍然有一幅逼真的图画再现出来……

一群骄傲与幸福的少女，她们孕育着玫瑰色的希望，当她们将由学校毕业的那一年，曾随了她们德高望重的教师，带着欢乐的心情，渡过日本海来访蓬莱的名胜。在她们登岸的时候，正是暮春三月樱花乱飞的天气。那些缀锦点翠的花树，都是使她们乐游忘倦。她们从天色才黎明，便由东京的旅舍出发；先到上野公园看过樱花的残装后；又换车到井之头公园来。这时疲倦袭击着她们，非立刻找个地点休息不可。最后她们发现了这个位置清幽的茶馆；便立刻决定进去吃些东西。大家团团围着矮凳坐下，点了两壶龙井茶，和一些奇甜的东洋点心，她们吃着喝着，高声谈笑着，她们真像是才出谷的雏莺；只觉眼前的东西，件件新鲜。处处都富有生趣。当然她们是被搂在幸福之神的怀抱里了。青春的爱娇，活泼快乐的心情，她们是多么可艳羡的人生呢！

但是流年把一切都毁坏了！谁能相信今天在这里低回追怀往事的我，也正是当年幸福者之一呢！哦！流年，残酷的流年哦！它带走了人间的爱娇，它蹂躏英雄的壮志，使我站在这似曾相识的树下，只有咽泪，我有什么方法，使年光倒流呢！

唉！这仅仅是九年后的今天。呀，这短短的九年中，我走的是崎岖的世路，我攀缘过陡峭的崖壁，我由死的绝谷里逃命，使我尝着忍受由心头淌血的痛苦，命运要我喝干自己的血汁，如同喝玫瑰酒一般……

唉！这一切的刺心回忆，我忍不住流下辛酸的泪滴，赶快离开这容易激动感情的地方吧！我们便向前面野草漫径的小路上走去，忽然听见一阵悲恻的唏嘘声，我仿佛看见张着灰色翅翼的秋神，正躲在那厚密枝叶背后。立时那些枝叶都窸窸窣窣地颤抖起来。草底下的秋虫，发出连续的唧唧声，我的心感到一阵阵的凄冷；不敢向前去，找到路旁一张长木凳坐下。我用呆滞的眼光，向那一片阴阴森森的丛林里睁视，当微风分开枝柯时，我望见那小河里潺湲碧水了。水上绉起一层波纹，一只小划子，从波纹上溜过。两个少女摇着桨，低声唱着歌儿。我看到这里，又无端感触起来，觉得喉头哽塞，不知不觉叹道：

“故国不堪回首，同时那北海的红漪清波浮现眼前，那些手携情侣的男男女女，恐怕也正摇着画桨，指点着眼前清丽秋景，低语款款吧！况且又是菊茂蟹肥时候，料想长安市上，车水马龙，正不少欢乐的宴聚，这漂泊异国，秋思凄凉的我们当然是无人想起的。不过，我们却深深地眷怀着祖国，渴望得些好消息呢！况且我们又是神经过敏的，揣想到树叶凋落的北平，凄风吹着，冷雨洒着的这些穷苦的同胞，也许正向茫茫的苍天悲诉呢！唉，破碎紊乱的祖国呵！北海的风光不能粉饰你的寒碜！今雨轩的灯红酒绿，不能安慰忧患的人生，深深眷念祖国的我们，这一颗因热望而颤抖的心，最后是被秋风吹冷了。”

徒步旅行者

◎ 朱湘

往常看见报纸上登载着某人某人徒步旅行的新闻，我总在心上泛起一种辽远的感觉，觉得这些徒步旅行者是属于另一个世界——一个浪漫的世界；他们与我，一个刻板式的家居者，是完全道不同不相为谋的。我思忖着，每人与生俱来的都带有一点冒险性，即使他是中国人，一个最缺乏冒险性的民族……希腊人不也是一个习于家居，不愿轻易地离开乡土的民族吗？然而几千年来的文学中，那个最浪漫的冒险故事，《奥德赛》，它正是希腊民族的产品。这一点冒险性既是内在的，它必然就要去自寻外发的途径，大规模的或是小规模的，顾及实益的或是超乎实益的。林德白的横渡大西洋飞航，孛尔得的南极探险，这些都是大规模的，因之也不得不是顾及实益的，——虽然不一定是顾虑到个人的实益，——唯有小规模的徒步旅行，它是超乎实益的，它并不曾存着一种目的，任是扩大国家的版图，或是准备将来军事上的需要，或是采集科学上的文献；徒步旅行如其有目的，我们最多也不过能说它是一种虚荣心的满足，这也是人情，不能加以非议——那一张沿途上行政人物的签名单也算不了什么宝贝，我们这些安逸的家居者倒不必去眼红，尽管由它去落在徒步旅行者的手中，作一个纪念品好了。这一种的虚荣心倒远强似那种两个人骂街，都要占最后一句话的上风的虚荣心。所以，就一方面说来，徒步旅行也能算得是艺术的。

史蒂文生作过一篇《徒步旅行》，说得津津有味；往常我读它，也只是用了文学的眼光，就好像读他的《骑驴旅行》那样。一直到后来，在文学传记中知道了史氏自己是曾经尝过徒步旅行的苦楚的，是曾经在美国西部——这地方离开苏格兰，他的故乡，是多么远！——步行了多时，终于倒在地上，累的还是饿的呢，我记不清楚了，幸亏有人走过，将他救了转来的，到了这时候，我回想起来他的那篇《徒步旅行》，那篇文笔如彼轻灵的小品文，我便十分亲切地感觉到，好的文学确是痛苦的结晶品；我又肃敬地感觉到，史氏身受到人生的痛苦而不容许这种丑恶的痛苦侵入他的文字之中，实在不愧为一个伟大的客观的艺术家，那“为艺术而艺术”的一句话，史氏确是可以当之而无愧。

史氏又有一篇短篇小说，*Providence and the Guitar*，里面描

写一个富有波希米亚性的歌者的浪游，那篇短篇小说的性质又与上引的《徒步旅行》不同，那是《吉诃德先生》的一幅缩影，与孟代（Catulle Mendés）的 Je men vais par les chemins，li-re-lin 一首歌词的境地倒是类似。孟氏的这首歌词说一个诗人浪游于原野之上，布袋里有一块白面包，口袋里有三个铜钱，——心坎里有他的爱友，——等到白面包与铜钱都被扒手给捞去了的时候，他邀请这个扒手把他的口袋也一齐捞去，因为他在心坎里依然存得有他的爱友。这是中古时代行吟诗人 Troubadour 的派头；没有中古时代，便容不了这些行吟诗人，连危用（Villon）都嫌生迟了时代，何况孟氏。这个，我们只能认它作孟氏的取其快意的寄寓之词罢了。

就那个由浪游者改行作了诗人的岱维士（W.H.Davies）说来，徒步旅行实在是他的拿手——虽说能够偷车的时候，他也乐得偷车。据他的《自传》所说，徒步旅行有两种苦处，狗与雨。他的《自传》那篇诚实的毫不浮夸的记载，只是很简单的一笔便将狗这一层苦处带过去了；不知道他是怕狗的呢，还是他做过对不住狗这一族的事，——至少，我们可以想象得出，狗的多事未尝不是为了主人，这个，就一个同情心最开阔的诗人说来，岱氏是应当已经宽恕了的；不过，在当时，肚里空着，身上冻着，腿上酸着，羞辱在他的心上，脸上，再还要加上那一阵吠声，紧追在背后提醒着他，如今是处在怎样的一种景况之内，这个，便无论一个人的容量有多么大，岱氏想必也是不能不介然于怀的。关于雨这一层苦处，岱氏说得很详尽；这个雨并非“润物细无声”的那种毛毛雨，（其实说来，并不一定要它有声，只要它润了一天一夜，徒步旅行者便要在身上，心上沉重许多斤了）这个雨也并非“花落知多少”的那种隔岸观火的家居者的闲情逸致的雨，它不是一幅画中的风景，它是一种宇宙中的实体，濡湿的，寒冷的，泥泞的。那连三接四的梅雨，就家居者看来，都是十分烦闷，惹厌，要耽误他们的许多事务，败兴他们的各种娱乐；何况是在没遮拦的荒野中，那雨向你的身上，向你的没有穿着雨衣的身上洒来，浸入，路旁虽说有漾出火光的房屋，但是那两扇门向了你紧闭着，好像一张方口哑笑地向了你在张大，深刻化你的孤单，寒冷的感觉，这时候的雨是怎么一种滋味，你总也可以想象得出吧……不然，你可以去读岱氏的《自传》，去咀嚼杜甫的“布衾多年冷似铁，娇儿恶卧踏里裂，长夜沾湿何由彻！”那三句诗；再不然，你可以牺牲了安逸的家居，去做一个毫无准备的徒步旅行者。

杜甫也是一个迫于无奈的徒步旅行者；只要看他的“芒鞋见天子，脱袖露两肘”这寥寥十个字，我们便可以想象得出，他是步行了多少的时日，在途中与多少的困苦摩肩而过，以致两只衣袖都烂脱了；我们更可以想象开去，他穿着一双草鞋，多半是破的，去朝见皇帝于宫廷之上，在许多衣冠整肃的官吏当中，那是，就他自己说来，够多么惨的一种境况：那是，就俗人说来，多么叫人齿冷的一种境况……至所谓“相见惊老丑”他还只曾说到他的“所亲”呢。

我记得有一次坐火车经过黄河铁桥，正在一座一座地数计着铁栏的时候，看见一个老年的徒步旅行者站在桥的边沿，穿着破旧的还没有脱袖的短袄，背着一把雨伞，伞柄上吊着一个包袱；我当时心上所泛起的只是一种辽远的感觉，以及一种自己增加了坐火车的舒适的感觉……人类的囿于自我的根性呀！像我这样一个从事于文学的人尚且如此，旁人还能加以责备吗？现在我所唯一引以自慰的，便是我还不曾堕落到那种嘲笑他们那般徒步旅行者的田地；杜甫的诗的沉痛，我当时虽是不能体味到，至少，我还没有嘲笑，我还没有自绝于这种体味。淡漠还算得是人之常情；敌视便是鄙俗了。

西方的徒步旅行者，我是说的那种迫于无奈的，我不知道他们是怎么一种行头，虽说吉卜西的描写与他们的插图我是看见过的，大概就是那般在街上卖毯子的俄国人的装束，就那般瑟缩在轮船的甲板上的外国人的装束想象开去，我们也可以捉摸到一二了……这许多漂泊的异乡人内，不知道也有多少《哀王孙》的诗料呢。

这卖毯子的人教我联想到危用，那个被驱出巴黎的徒步旅行者。他因为与同党窃售教堂中的物件，下了监牢，在牢里作成了那篇传诵到今的《吊死曲》，他是准备着上绞台的了；遇到皇帝登位，怜惜他的诗才，将他大赦，流徙出京城，这个“巴黎大学”的硕士，驰名于全巴黎的诗人便卢梭式的维持着生活，向南方步行而去，在奥类昂公爵（Charles d'Orléans 也是一个驰名的诗人）的堡邸中，他逗留了一时，与公爵以及公爵的侍臣唱和了一篇限题为“在泉水的边沿我渴得要死”的 ballade（巴俚曲），——大概也借了几个钱；——接着，他又开始了他的浪游，一直到保兜地方，他才停歇了下来，因为又犯了事，被逼得停歇在一个地窖里。这又是教堂中人干的事；那个定罪名的主教治得他真厉害，不给他水喝，——忘记了耶稣曾经感化过一个妓女，——只给他面包吃，还不是新鲜的，他睡去了的时候，还要让地窖里的老鼠来分食这已经是少量的陈面包。徒步旅行者的生活到了这种田地，也算得无以复加了。

开往黑夜的火车

◎ 徐则臣

车过济南，透过窗帘浅浅的灯光就把我惊醒了。也不算惊醒，一直是眠浅，耳朵里的车轮声半个晚上都清晰地响着。我撩开窗帘，凌晨两点的济南站冷冷清清，没有见到下铺预言的那种拥挤，他说济南是个大站，上车的人常常要把车门给挤破。我看到几个乘客拎着包袱，摇摇摆摆地向车门走，瞌睡和等待把他们折磨坏了。火车安静地停在昏黄的灯光底下，像一个不喘气的动物，同样无精打采。车厢里也很安静，其他人都睡着了，对面的上铺在打呼噜，有那么一会儿我觉得是在家里。风卷起纸片和塑料袋在站台上飘，然后火车叹了一口气，动了。灯光向后走，黑夜又来了。窗外是缓慢移动的墨块，树也像山，远远近近，重重叠叠。我放下窗帘，躺下来，感觉重新漂在了夜里，像一片树叶漂在水上。

接下来连眠浅也没有了，我精神很好，像是在黑夜里突然睁开了眼。坐夜车我很少能正儿八经地睡点觉，要么趴在床上看窗外，要么躺在床上胡思乱想，至多是眠浅，好像是睡了，又好像没睡，翻一下身心里都明明白白。车轮耸动就在身底下，头脑里没来由地替它一尺一尺地向前丈量。在夜车上我心里很平静，可以说是平和，对失眠毫无恐惧，有种心安理得的家的感觉，安详地飘动的感觉。我常常觉得只有在夜车上，而且是躺着，才能真正感受到黑夜。

四肢伸展。大地也如此，火车在上面奔跑，听不见声音。黑夜此刻开始开放，像一块永远也铺展不到尽头的布匹，在火车前头远远地招引着，如同波浪被逐渐熨得平整。黑暗再次从大地上升起来，清爽地包容了一辆寂静穿行的火车。我躺在其中的一个角落里，平稳地浮起来。黑夜里的火车我只能想见它的头和一部分身子，没有尾巴，我看不见的后半个身子只是隐没在黑暗里，而不是断绝，它是不可断绝的。甚至我也想不到还有铁轨的存在，因为它像两条明亮的线，与黑夜和沉静的大地格格不入。那些阴影似的群山远远地避开。如果夜色不是浓黑，就让十几户矮小的房屋和院落来到路边，我能看见窗户里一点让人身子发暖的灯光，看不见人，或者只有人影在窗户纸上半梦半醒地晃动。我想象出了没来得及收拾的饭桌，他们的轻微而又散漫的脚步声，一条窝在筐子里无所事事的狗，还有他们平凡狭隘的生活。

这些安宁的感受和想象是在白天里无法得到的。我总觉得阳光底下的世界繁乱不堪，所有的东西都拥挤到你面前，把大地瓜分得七零八落，找不到一块可以安坐的地方。他们为什么都那么忙呢？他们就不能安静一下，让世界大起来？他们停不下来，一个比一个跑得快。

而在他们顾不上的地方，一辆火车整装待发，只等阳光和尘土落下去，在看不见的时间里。它从城市的边缘启动，一路都在扔掉那些忙来忙去的累赘，见到第一片野地时，夜晚开始降临，火车一头扎进去。耳朵突然安宁，世界大起来。

我就在这一辆辆傍晚开出的火车里，因为我不喜欢在白天坐车。它们从傍晚出发，开往黑夜。俄罗斯作家维·佩列文有部名叫《黄色箭头》的中篇小说，讲的是一辆名叫“黄色箭头”的火车再也停不下来，带着一火车的人永远奔跑下去，失去了终点。想逃离的人要么被扔出窗外，要么跳车摔死。当然这只是一个有关人类的寓言，作家想表达的是，世界有一天真的疯了我们该怎么办。我不知道人类该怎么办。我只是想，如果我就在这辆名叫“黄色箭头”的火车里，只要它永远行驶在夜里，我一定会是那个甘愿留在其中的人，因为对我来说，“黄色箭头”并没有把世界变小，恰恰相反，它让世界变得更大了。

走夜路请放声歌唱

◎ 李娟

在呼蓝别斯，大片的森林，大片的森林，还是大片的森林，马合沙提说：走夜路要大声地歌唱！在森林深处，在前面悬崖边的大石头下——你看！那团黑乎乎的大东西说不定就是大棕熊呢！大棕熊在睡觉，在马蹄声惊扰到它之前，请大声歌唱吧！远远地，大棕熊就会从睡梦中醒来，它侧耳倾听一会儿，沉重地起身，一摇一晃走了。一起唱歌吧！ 大声地唱，用力地唱，“啊啊”地唱，闭着眼睛，捂着耳朵。 胸腔里刮最大的风，嗓子眼开最美的花。唱歌吧！！

呼蓝别斯，连绵的森林，高处的木屋。洗衣的少女在河边草地上晾晒鲜艳的衣物。 你骑马离开后，她就躺在那里睡着了，一百年都没有人经过，一百年都没人慢慢走近她，端详她的面孔。她一直睡到黑夜，大棕熊也来了，嗅她，绕着她走了一圈又一圈。这时远远的星空下有人唱起了歌。歌声越来越近，她的睡梦越来越沉。大棕熊的眼睛闪闪发光。

夜行的人啊，黑暗中你们一遍又一遍地经过了些什么呢？在你们身边的那些暗处，有什么被你永远地擦肩而过？那洗衣的少女不曾被你的歌声唤醒，不曾在黑暗中抬起面孔，在草地上支撑起身子，循着歌声记起一切……夜行的人，再唱大声些吧！歌唱爱情吧，歌唱故乡吧！对着黑暗的左边唱，对着黑暗的右边唱，再对着黑暗的前方唱。边唱边大声说："听到了吗？你听到了吗？"夜行的人，若你不唱歌的话，不惊醒这黑夜的话，就永远也走不出呼蓝别斯了。这重重的森林，这崎岖纤细的山路，这孤独疲惫的心。

夜行的人啊，若你不唱歌的话，你年幼的阿娜尔在后来时光的所有清晨里，再也不能通过气息分辨出野茶叶和普通的牛草了。你年幼的阿娜尔，你珍爱的女儿，她夜夜哭泣，她胆子小，声音细涩，眼光不敢停留在飞逝的事物上。要是不唱歌的话，阿娜尔将多么可怜啊！她一个人坐在森林边上，听了又听，等了又等，哭了又哭。她身边露珠闪烁，她曾从那露珠中打开无数扇通向最微小世界的门。但是她却再也打不开了。你不唱歌了，她便一扇门也没有了！

要是不唱歌的话，木屋边那座古老的小坟墓，那个七岁小孩的蜷身栖息之处，从此不能宁静。那孩子夜夜来找你，通过你的沉默去找他的母亲。那孩子过世了几十年，当年他的母亲下葬他时，安慰他小小的灵魂说："亲爱的宝贝啊你我缘分已尽，各自的道路却还没有走完，不要留恋这边了，不要为已经消失的疼痛而悲伤……"但是，你不唱歌了，你在黑夜里静悄悄地经过他的骨骸。你的安静惊动了他。你的面庞如此黑暗，他敏感地惊疑而起。他顿时无所适从。

要是不唱歌的话，黑暗中教我到哪里去找你？教我如何回到呼蓝别斯？那么多的路，连绵的森林，起伏的大地。要是不唱歌的话，有再多的木薪也找不到一粒火种，有再长的寿命也得不到片刻的自如。要是不唱歌的话，说不出的话永远只能哽咽在嗓子眼里，流不出的泪只在心中滴滴悬结坚硬的钟乳石。

我曾听过你的歌声。那时，我站在呼蓝别斯最高的一座山上的最高的一棵树上，看到了你唱歌时的样子。他们喜欢你才吓唬你，他们说："唱歌吧，唱歌吧！唱了歌，熊就不敢过来了。"你便在冷冷的空气中陡然唱出第一句。像火柴在擦纸上擦了好几下才"嗤"地引燃一束火苗，你唱了好几句才捕捉到自己的声音。像人猿泰山握住了悬崖间的藤索，你紧紧握住了自己的声音，在群山间飘荡。那时我就站在你路过的最高的那座山上的最高的那棵树上，为你四面观望，愿你此去一路平安。

我也曾作为实实在在的形象听过你唱歌。 还是在黑夜里，你躺在那里唱着，连木屋的屋檐缝隙里紧塞的干苔藓都复活了，湿润了，膨胀了，迅速分裂、生长，散落肉眼看不到的轻盈细腻的孢子雨。你躺在那里唱啊唱啊，突然那么忧伤。我为不能安慰你而感到更为忧伤。我也想和你一起唱，却不敢开口。于是就在心里唱，大声地唱啊唱啊，直到唱得完全打开了自己为止，直到唱得完全离开了自己为止。然后，我的身体沉沉睡去。但是，在这样的夜里，哪怕睡着了仍然还在唱啊，唱啊！大棕熊，你听到了吗？大棕熊你快点跑，跑到最深最暗的森林里去，钻进最深最窄的洞穴里去。把耳朵捂起来，不要把听到的歌声再流出去。大棕熊你惊讶吧，你把歌声到来的消息四处散布吧！大棕熊，以歌为分界线，让我们生活得更平静一些吧，更安稳一些吧……

OK，亲爱的，哪怕后来去到了城市，走夜路时也要大声地唱歌，像喝醉酒的人一样无所顾忌。大声地唱啊，让远方的大棕熊也听到了，静静地起身，为你在遥远的地方让路，你发现街道如此空旷，行人素不相识。

辑三

鲜花于空旷处，悄然绽放

搭在花枝上的两根蛛丝，

亮亮的，细细的，

于晨光中，同鲜花开在通往荒野的路旁。

一株柳

◎ 陈忠实

这是一株柳树，一株在平原在水边极其普通极其平常的柳树。

这是一株神奇的柳树，神奇到令我望而生畏的柳树，它伫立在青海高原上。

在青海高原，每走一处，面对广袤无垠青草覆盖的原野，寸草不生青石嶙峋的山峰，深邃的蓝天和凝滞的云团，心头便弥漫着古典边塞诗词的悲壮和苍凉。走到李家峡水电站总部的大门口，我一眼就瞅见了这株大柳树，不由得“哦”了一声。

这是我在高原见到的唯一的一株柳树。我站在这里，目力所及，背后是连绵的铁铸一样的青山，近处是呈现着赭红色的起伏的原地，根本看不到任何一棵树。没有树族的原野尤其显得简洁而开阔，也显得异常的苍茫和苍凉。这株柳树怎么会生长起来壮大起来，怎么就造成高原如此壮观的一方独立的风景？

这株柳树大约有两合抱粗，浓密的树叶覆盖出百十余平方米的树荫。树干和树枝呈现出生铁铁锭的色泽，粗粝而坚硬。叶子如此之绿，绿得苍郁，绿得深沉，自然使人感到高寒和缺水对生命颜色的独特锻铸。它巍巍然撑立在高原之上，给人以生命伟力的强大的感召。

我便抑制不住猜测和想象：风从遥远的河川把一粒柳絮卷上高原，随意抛撒到这里，那一年恰遇好雨水，它有幸萌发了。风把一团团柳絮抛撒到这里，生长出一片幼柳，随之而来的持续的干旱把这一茬柳树苗子全毁了，只有这一株柳树奇迹般地保存了生命。自古以来，人们也许年复一年看到过，一茬一茬的柳树苗子在春天冒出又在夏天旱死，也许熬过了持久的干旱却躲不过更为严酷的寒冷，干旱和寒冷绝不宽容任何一条绿色的生命活到一岁。这株柳树就造成了一个不可思议的奇迹，千年奇迹万年奇迹，无法猜度它是否属于一粒超级种子？

我依然沉浸在想象的情感世界里：长到这样粗的一株柳树，经历了多少次虐杀生灵的高原风雪，冻死过多少次又复苏过来；经历过多少场铺天盖地的雷轰电击，被劈断了枝干而又重新抽出了新条。它无疑经受过一次又一次摧毁，却能够一回又一回起死回生。这是一种顽强一种侥幸还是有神助佛佑？

我的家乡的灞河以柳树名贯古今，历代诗家词人为那里的柳枝柳絮倾洒过多少墨汁和泪水。然而面对青海高原的这一株柳树，我却崇拜到敬畏的境地了。是的，家乡灞河边的柳树确有引我自豪的历史，每每吟诵那些折柳送别的诗篇，都会抹浓一层怀恋家园的乡情。然而，家乡水边的柳树却极易生长，随手折一条柳枝插下去，就发芽，就生长，三两年便成为一株婀娜多姿风情万种的柳树了；漫天飞扬的柳絮飘落到沙滩上，便急骤冒出一片又一片芦苇一样的柳丛。青海高原上的这一株柳树，为保存生命却要付出怎样难以想象的艰苦卓绝的努力？同是一种柳树，生活的道路和生命的命运相差何远？

这株柳树没有抱怨命运，也没有畏怯生存之危险和艰难，更没有攀比没有忌妒河边同族同类的鸡肠小肚，而是聚合全部身心之力与生存环境抗争，以超乎想象的毅力和韧劲生存下来发展起来壮大起来，终于造成了高原上的一方壮丽的风景。命运给予它的几乎是九十九条死亡之路，它却在一线希望之中成就了一片绿荫。

我崇拜这株高原柳树。

山居杂缀

◎ 戴望舒

山风

窗外，隔着夜的帡幪，迷茫的山岚大概已把整个峰峦笼罩住了吧。冷冷的风从山上吹下来，带着潮湿，带着太阳的气味，或是带着几点从山涧中飞溅出来的水，来叩我的玻璃窗了。

敬礼啊，山风！我敞开窗门欢迎你，我敞开衣襟欢迎你。

抚过云的边缘，抚过崖边的小花，抚过有野兽躺过的岩石，抚过缄默的泥土，抚过歌唱的泉流，你现在来轻轻地抚我了。说啊，山风，你是否从我胸头感到了云的飘忽，花的寂寥，岩石的坚实，泥土的沉郁，泉流的活泼？你会不会说，“这是一个奇异的生物！”

雨

雨停止了，檐溜还是叮叮地响着，给梦拍着柔和的拍子，好像在江南的一只乌篷船中一样。“春水碧如天，画船听雨眠”，韦庄的词句又浮到脑中来了。奇迹也许突然发生了吧，也许我已被魔法移到苕溪或是西湖的小船中了吧……

然而突然，香港的倾盆大雨又降下来了。

树

路上的列树已斩伐尽了，疏疏朗朗地残留着可怜的树根。路显得宽阔了一点，短了一点，天和人的距离似乎更接近了。太阳直射到头顶上，雨淋到身上……是的，我们需要阳光，但是我们也需要阴荫啊！早晨鸟雀的啁啾声没有了，傍晚舒徐的散步没有了。空虚的路，寂寞的路！

离门前不远的地方，本来有一棵合欢树，去年秋天，我也还采过那长长的荚果给我的女儿玩。它曾经娉婷地站立在那里，高高地张开它的青翠的华盖一般的叶子，寄托了我们的梦想，又给我们以清阴。而现在，我们却只能在虚空之中，在浮着云片的碧空的背景上，徒然地描着它的青翠之姿了。像现在这样的夏天的早晨，它的鲜绿的叶子和火红照眼的花，会给我们怎样的一种清新之感啊！它的浓荫之中藏着雏鸟的小小的啼声，会给我们怎样的一种喜悦啊！想想吧，它的消失对于我是怎样的可悲啊。

抱着幼小的孩子，我又走到那棵合欢树的树根边来了。锯痕已由淡黄变成黝黑了，然而年轮却还是清清楚楚的，并没有给苔藓或是芝菌侵蚀去。我无聊地数着这一圈圈的年轮；四十二圈！正是我的年龄。它和我度过了同样的岁月，这可怜的合欢树！

树啊，谁更不幸一点，是你呢，还是我？

失去的园子

跋涉的挂虑使我失去了眼界的辽阔和余暇的寄托。我的意思是说，自从我怕走漫漫的长途而移居到这中区的最高一条街以来，我便不再能天天望见大海，不再拥有一个小圃了。屋子后面是高楼，前面是更高的山；门临街路，一点隙地也没有。从此，我便对山面壁而居，而最使我惆怅的，特别是旧居中的那一片小小的园子，那一片由我亲手拓荒，耕耘，施肥，播种，灌溉，收获过的贫瘠的土地。那园子临着海，四周是苍翠的松树，每当耕倦了，抛下锄头，坐到松树下面去，迎着从远处渔帆上吹来的风，望着辽阔的海，就已经使人心醉了。何况它又按着季节，给我们以意外丰富的收获呢？

可是搬到这里来以后，一切都改变了，载在火车上和书籍一同搬来的耕具：锄头，铁耙，铲子，尖锄，除草耙，移植铲，灌溉壶，等等，都冷落地被抛弃在天台上，而且生了锈。这些可怜的东西！它们应该像我一样地寂寞吧。

好像是本能地，我不时想着“现在是种番茄的时候了”，或是“现在玉蜀黍可以收获了”，或是“要是我能从家乡弄到一点蚕豆种就好了”！我把这种思想告诉了妻，于是她就提议说：“我们要不要像邻居那样，叫人挑泥到天台上去，在那里辟一个园地？”可是我立刻反对，因为天台是那么小，而且阳光也那么少，给四面的高楼遮住了。于是这计划打消了，而旧园的梦想却仍旧继续着。

大概看到我常常为这种思想困恼着吧，妻在偷偷地活动着。于是，有一天，她高高兴兴地来对我说：“你可以有一个真正的园子了。你不看见我们对邻有一片空地吗？他们人少，种不了许多地，我已和他们商量好，划一部分地给我们种，水也很方便。现在，你说什么时候开始吧？”

她一定以为会给我一个意外的喜悦的，可是我却含糊地应着，心里想：“那不是我的园地，我要我自己的园地。”可是为了要不使妻太难堪，我期期地回答她：“你不是劝我不要太疲劳吗？你的话是对的，我需要休息。我们把这种地的计划打消了吧。”

初夏的庭院

◎ 徐蔚南

这几日，天气怪不好，阴雨已三天了，到今朝还没有放晴。早上无声无息地下了一场细雨，大约不过二分钟就停止的；但是过了一小时许，瓦楞上滴沥滴沥地响，原来又是一阵急雨来了。这样时小时大的雨若断若续地落到了晚上。夜间恐怕仍是如此呢。

我们在公司里走不出去，简直如小鸟一般被困在笼子里了。心上虽然并没有什么忧虑，但总觉得闷闷得很是无聊。本来使人乏味的账簿上的买客、日期、数目一类的统计，现在尤其令人疲倦。

但是今天离端午节只有十六天，我们不得不努力算清账目。

幸而在事务室里，我坐的位置恰巧在窗边，我打一会儿算盘之后，可以任意向窗外望望。

窗外有两株梧桐，三星期前，树上叶子是还没有银圆大的疏疏朗朗的几许红叶，如今已是密密严严一树肥大的绿叶了。玻璃窗上也映出一层暗绿色来。假使在盛暑烈日如火的时候，我坐的一个位置真是清凉仙境呢！梧桐两旁各有一行冬青树，感谢园丁贪懒没有来修剪，已长得很高了。深绿色的叶子经了几许冷雨洗濯，更显出翡翠一般鲜艳的色彩来。梧桐的对面，沿着豆腐作坊间隔壁，有五六株南天竹，瘦弱的枝干负着瘦弱的绿叶，很伶仃地在颤动。天竹的旁边还有一棵枇杷树。这树却很壮丽的，叶肥枝硬，傲然站立在那边；虽然没有梧桐那样的高大，但颇有睥睨一切的气概。在这个小小的院子里，除了树木，本还种着几株玫瑰，不过玫瑰花久已开过了，如今只剩得几个花萼带着几丝憔悴的花须罢了。从前落在泥上的一层鲜红的花瓣都烂在泥里了。沿着院子中间的荷花缸的四周，倒还有几株杂草生着菜花一般的小黄花。雨止时，有二三小粉蝶时时在这几朵黄花上来回飞舞。麻雀也时时飞到花边来啄取什么似的跳来跳去，有时跳到冬青树底下，隐藏过了身体，然后吱喳吱喳地叫。

荷花缸里除去铜钱大的浮萍外，新近长出了三张嫩绿的荷叶。叶上有两颗浑圆的光亮的雨珠在滚动，有如女孩子的一双眼睛一般活泼。小雨点落到缸中的水面打出无数的圆涡，雨止了，水面又平静了。

我这样仔仔细细地观察了一会儿院子里的景物，便又回头去二百五十加三千四百地拨动算盘珠；算了一会又疲乏了，再去望望那个院子。如此，一刻儿向窗外眺望，一刻儿打算盘，那一厚本的出纳簿居然被我一点不错地弄清楚了。

雪

◎ 鲁彦

美丽的雪花飞舞起来了。我已经有三年不曾见着它。

去年在福建，仿佛比现在更迟一点，也曾见过雪。但那是远处山顶的积雪，可不是飞舞着的雪花。在平原上，它只是偶然地随着雨点洒下来几颗，没有落到地面的时候。它的颜色是灰的，不是白色；它的重量像是雨点，并不会飞舞。一到地面，它立刻融成了水，没有痕迹，也未尝跳跃，也未尝发出声音，像江浙一带下雪时的模样。这样的雪，在四十年来第一次看见它的老年的福建人，诚然能感到特别的意味，谈得津津有味，但在我，却总觉得索然。“福建下过雪”，我可没有这样想过。

我喜欢眼前飞舞着的上海的雪花。它才是“雪白”的白色，也才是花一样的美丽。它好像比空气还轻，并不从半空里落下来，而是被空气从地面卷起来的。然而它又像是活的生物，像夏天黄昏时候的成群的蚊蚋，像春天流蜜时期的蜜蜂，它的忙碌的飞翔，或上或下，或快或慢，或粘着人身，或拥入窗隙，仿佛自有它自己的意志和目的。它静默无声。但在它飞舞的时候，我们似乎听见了千百万人马的呼号和脚步声，大海的汹涌的波涛声，森林的狂吼声，有时又似乎听见了情人的窃窃的密语声，礼拜堂的平静的晚祷声，花园里的欢乐的鸟歌声……它所带来的是阴沉与严寒。但在它的飞舞的姿态中，我们看见了慈善的母亲，柔和的情人，活泼的孩子，微笑的花，温暖的太阳，静默的晚霞……它没有气息。但当它扑到我们面上的时候，我们似乎闻到了旷野间鲜洁的空气的气息，山谷中幽雅的兰花的气息，花园里浓郁的玫瑰的气息，清淡的茉莉花的气息……

在白天，它做出千百种婀娜的姿态；夜间，它发出银色的光辉，照耀着我们行路的人，又在我们的玻璃窗上札札地绘就了各式各样的花卉和树木，斜的，直的，弯的，倒的。还有那河流，那天上的云……

现在，美丽的雪花飞舞了。我喜欢，我已经有三年不曾见着它。我的喜欢有如四十年来第一次看见它的老年的福建人。

但是，和老年的福建人一样，我回想着过去下雪时候的生活，现在的喜悦就像这钻进窗隙落到我桌上的雪花似的，渐渐融化，而且立刻消失了。

记得某年在北京，一个朋友的寓所里，围着火炉，煮着全中国最好的白菜和面，喝着酒，剥着花生，谈笑得几乎忘记了身在异乡；吃得满面通红，两个人一路唱着，一路踏着吱吱地叫着的雪，踉跄地从东长安街的起头踱到西长安街的尽头，又忘记了正是异乡最寒冷的时候。这样的生活，和今天的一比，不禁使我感到惘然。上海的朋友们都像是工厂里的机器，忙碌得一刻没有休息；而在下雪的今天，他们又叫我一个人看守着永不会有人或电话来访问的房子。这是多么孤单、寂寞、乏味的生活。

“没有意思！”我听见过去的我对今天的我这样说了。正像我在福建的时候，对四十年来第一次看见雪的老年的福建人所说的一样。

但是，另一个我出现了。他是足以对着过去的北京的我射出骄傲的眼光来的我。这个我，某年在南京下雪的时候，曾经有过更快活的生活：雪落得很厚，盖住了一切的田野和道路。

我和我的爱人在一片荒野中走着。我们辨别不出路径来，也并没有终止的目的。我们只让我们的脚欢喜怎样就怎样。我们的脚常常欢喜踏在最深的沟里。我们未尝感到这是旷野，这是下雪的时节。我们仿佛是在花园里，路是平坦的，而且是柔软的。

我们未尝觉得一点寒冷，因为我们的心是热的。

"没有意思！"我听见在南京的我对在北京的我这样说了。

正像在北京的我对着今天的我所说的一样，也正像在福建的我对着四十年来第一次看见雪的老年的福建人所说的一样。

然而，我还有一个更可骄傲的我在呢。这个我，是有过更快乐的生活的，在故乡：冬天的早晨，当我从被窝里伸出头来，感觉到特别的寒冷，隔着蚊帐望见天窗特别的阴暗，我就首先知道外面下了雪了。"雪落啦白洋洋，老虎拖娘娘……"这是我躺在被窝里反复地唱着的欢迎雪的歌。别的早晨，照例是母亲和姊姊先起床，等她们煮熟了饭，拿了火炉来，代我烘暖了衣裤鞋袜，才肯钻出被窝，但是在下雪天，我就有了最大的勇气。我不需要火炉，雪就是我的火炉。我把它捻成了团，捧着，丢着。我把它堆成了一个和尚，在它的口里，插上一支香烟。

我把它当作糖，放在口里。地上厚的积雪，是我的地毡，我在它上面打着滚，翻着筋斗。它在我的底下发出嗤嗤的笑声，我在它上面哈哈地回答着。我的心是和它合一的。我和它一样的柔和，和它一样的洁白。我同它到处跳跃，我同它到处飞跑着。

我站在屋外，我愿意它把我造成一个雪和尚。我躺在地上愿意它像母亲似的在我身上盖下柔软的美丽的被窝。我愿意随着它在空中飞舞。我愿意随着它落在人的肩上。我愿意雪就是我，我就是雪。我年轻。我有勇气。我有最宝贵的生命的力。我不知道忧虑，不知道苦恼和悲哀……

“没有意思！你这老年人！”我听见幼年的我对着过去的那些我这样说了。正如过去的那些我骄傲地对别个所说的一样。

不错，一切的雪天的生活和幼年的雪天的生活一比，过去的和现在的喜悦是像这钻进窗隙落到我桌上的雪花一样，渐渐融化，而且立刻消失了。

然而对着这时穿着一袭破单衣，站在屋角里发抖的或竟至于僵死在雪地上的穷人，则我的幼年时候快乐的雪天生活的意义，又如何呢？这个他对着这个我，不也在说着“没有意思！”的话吗？

而这个死有完肤的他，对着这时正在零度以下的长城下，捧着冻结了的机关枪，即将被炮弹打成雪片似的兵士，则其意义又将怎样呢？“没有意思！”这句话，该是谁说呢？

天呵，我不能再想了。人间的欢乐无平衡，人间的苦恼亦无边限。世界无终极之点，人类亦无末日之时。我既生为今日的我，为什么要追求或留恋今日的我以外的我呢？今日的我虽说是寂寞地孤单地看守着永没有人或电话来访问的房子，但既可以安逸地躲在房子里烤着火，避免风雪的寒冷；又可以隔着玻璃，诗人一般地静默地鉴赏着雪花飞舞的美的世界，不也是足以自满的吗？

抓住现实。只有现实是最宝贵的。

眼前雪花飞舞着的世界，就是最现实的现实。

看呵！美丽的雪花飞舞着呢。这就是我三年来相思着而不能见到的雪花。

蛛丝和梅花

◎ 林徽因

真真地就是那么两根蛛丝，由门框边轻轻地牵到一枝梅花上。就是那么两根细丝，迎着太阳光发亮……再多了，那还像样吗？一个摩登家庭如何能容蛛网在光天白日里作怪，管它有多美丽，多玄妙，多细致，够你对着它联想到一切自然、造物的神工和不可思议处；这两根丝本来就该使人脸红，且在冬天够多特别！可是亮亮的，细细的，倒有点像银，也有点像玻璃制的细丝，委实不算讨厌，尤其是它们那么潇脱风雅，偏偏那样有意无意地斜着搭在梅花的枝梢上。

你向着那丝看，冬天的太阳照满了屋内，窗明几净，每朵含苞的、开透的、半开的梅花在那里挺秀吐香，情绪不禁迷茫缥缈地充溢心胸，在那刹那的时间中振荡。同蛛丝一样的细弱，和不必需，思想开始抛引出去：由过去牵到将来，意识的，非意识的，由门框梅花牵出宇宙，浮云沧波踪迹不定。是人性，艺术，还是哲学，你也无暇计较，你不能制止你情绪的充溢，思想的驰骋，蛛丝梅花竟然是瞬息可以千里！

好比你是蜘蛛，你的周围也有你自织的蛛网，细致地牵引着天地，不怕多少次风雨来吹断它，你不会停止了这生命上基本的活动。此刻……“一枝斜好，幽香不知甚处”……

拿梅花来说吧，一串串丹红的结蕊缀在秀劲的傲骨上，最可爱，最可赏，等半绽将开地错落在老枝上时，你便会心跳！梅花最怕开，开了便没话说。索性残了，沁香拂散同夜里炉火都能成了一种温存的凄清。

记起了，也就是说到梅花，玉兰。初是有个朋友说起初恋时玉兰刚开完，天气每天地暖，住在湖旁，每夜跑到湖边林子里走路，又静坐幽僻石上看隔岸灯火，感到好像仅有如此虔诚地孤对一片泓碧寒星远市，才能把心里情绪抓紧了，放在最可靠最纯净的一撮思想里，始不致亵渎了或是惊着那“寤寐思服”的人儿。那是极年轻的男子初恋的情景——对象渺茫高远，反而近求“自我的”郁结深浅——他问起少女的情绪。

就在这里，忽记起梅花。一枝两枝，老枝细枝，横着，虬着，描着影子，喷着细香；太阳淡淡金色地铺在地板上；四壁琳琅，书架上的书和书签都像在发出言语；墙上小对联记不得是谁的集句；中条是东坡的诗。你敛住气，简直不敢喘息，踮起脚，细小的身形嵌在书房中间，看残照当窗，花影摇曳，你像失落了什么，有点迷惘。又像"怪东风着意相寻"，有点儿没主意！浪漫，极端的浪漫。"飞花满地谁为扫？"你问，情绪风似的吹动，卷过，停留在惜花上面。再回头看看，花依旧嫣然不语。"如此娉婷，谁人解看花意"，你更沉默，几乎热情地感到花的寂寞，开始怜花，把同情统统诗意地交给了花心！

这不是初恋，是未恋，正自觉"解看花意"的时代。情绪的不同，不只是男子和女子有分别，东方和西方也甚有差异。情绪即使根本相同，情绪的象征，情绪所寄托、所栖止的事物却常常不同。水和星子同西方情绪的联系，早就成了习惯。一颗星子在蓝天里闪，一流冷涧倾泻一片幽愁的平静，便激起他们诗情的波涌，心里甜蜜地、热情地便唱着由那些鹅羽的笔锋散下来的"她的眼如同星子在暮天里闪"，或是"明丽如同单独的那颗星，照着晚来的天"，或"多少次了，在一流碧水旁边，忧愁倚下她低垂的脸"。

惜花，解花太东方，亲昵自然，含着人性的细致是东方传统的情绪。

此外年龄还有尺寸，一样是愁，却跃跃似喜，十六岁时的，微风零乱，不颓废，不空虚，踮着理想的脚充满希望，东方和西方却一样。人老了脉脉烟雨，愁吟或牢骚多折损诗的活泼，大家如香山，稼轩，东坡，放翁的白发华发，很少不梗在诗里，至少是令人不快。话说远了，刚说是惜花，东方老少都免不了这嗜好，这倒不论老的雪鬓曳杖，深闺里也就攒眉千度。

最叫人惜的花是海棠一类的“春红”，那样娇嫩明艳，开过了残红满地，太招惹同情和伤感。但在西方即使也有我们同样的花，也还缺乏我们的廊庑庭院。有了“庭院深深深几许”，才有一种庭院里特有的情绪。如果李易安的“斜风细雨”底下不是“重门须闭”也就不“萧条”得那样深沉可爱；李后主的“终日谁来”也一样的别有寂寞滋味。看花更须庭院，深深锁在里面认识，不时还得有轩窗栏杆，给你一点凭借，虽然也用不着十二栏杆倚遍，那么慵弱无聊。

当然旧诗里伤愁太多；一首诗竟像一张美的证券，可以照着市价去兑现！所以庭花，乱红，黄昏，寂寞太滥，诗常失却诚实。西洋诗，恋爱总站在前头，或是“忘掉”，或是“记起”，月是为爱，花也是为爱，只使全是真情，也未尝不太腻味。就以两边好的来讲。拿他们的月光同我们的月色比，似乎是月色滋味深长得多。花更不用说了；我们的花“不是预备采下缀成花球，或花冠献给恋人的”，却是一树一树绰约的，个性的，自己立在情人的地位上接受恋歌的。

所以未恋时的对象最自然的是花，不是因为花而起的感慨——

十六岁时无所谓感慨——仅是刚说过的自觉解花的情绪，寄托在那清丽无语的上边，你心折它绝韵孤高，你为花动了感情，实说你同花恋爱，也未尝不可——那惊讶狂喜也不减于初恋。还有那凝望，那沉思……

一根蛛丝！记忆也同一根蛛丝，搭在梅花上就由梅花枝上牵引出去，虽未织成密网，这诗意的前后，也就是相隔十几年的情绪的联络。

午后的阳光仍然斜照，庭院阒然，离离疏影，房里窗棂和梅花依然伴和成为图案，两根蛛丝在冬天还可以算为奇迹，你望着它看，真有点像银，也有点像玻璃，偏偏那么斜挂在梅花的枝梢上。

通往田野的小巷

◎ 刘亮程

顺着一条巷子往前走，经过铁匠铺、馕坑、烧土陶的作坊，不知不觉地，便进入一片果园或苞谷地。八九月份，白色、红色的桑葚斑斑点点熟落在地。鸟在头顶的枝叶间鸣叫，巷子里的人家静悄悄的。很久，听见一辆毛驴车的声音，驴蹄嘀嗒嘀嗒地点踏过来，毛驴小小的，黑色，白眼圈，宽长的车排上铺着红毡子，上搭红布凉棚。赶车的多为小孩和老人，坐车的，多是些丰满漂亮的女人，服饰艳丽，爱用浓郁香水，一路过去，留香数里，把鸟的头都熏晕了。如果不是巴扎日，老城的热闹仅在龟兹古渡两旁，饭馆、商店、清真寺、手工作坊，以及桥上桥下的各种民间交易。这一块是库车老城跳动不息的古老心脏，它的头是昼夜高昂的清真大寺，它的手臂时时背在身后，双腿埋在千年尘土里，不再迈动半步。

库车城外的田野更像田野，田地间野草果树杂生。不像其他地方的田野，是纯粹的庄稼世界。

在城郊乌恰乡的麦田里，芦苇和种类繁多的野草，长得跟麦子一样旺势。高大的桑树杏树耸在麦田中间。白杨树挨挨挤挤围拢四周，简直像一个植物乐园。桑树、杏树虽高大繁茂，却不欺麦子。它的根直扎下去，不与麦子争夺地表层的养分。在它的庞大树冠下，麦子一片油绿。

有人说，南疆农民懒惰，地里长满了草。我倒觉得，这跟懒没关系，而是一种生存态度。在许多地方，人们已经过于勤快，把大地改变得只适合人自己居住。他们忙忙碌碌，从来不会为一只飞过头顶的鸟想一想，它会在哪儿落脚？它的食物和水在哪里？还有那些对他们没有用处的野草，全铲除干净，虫子消灭光。在那里，除了人吃的粮食，土地再没有生长万物的权利。

库车农民的生活就像他们的民歌一样缓慢悠长。那些毛驴，一步三个蹄印地走在千年乡道上，驴车上的人悠悠然然，再长的路，再要紧的事也是这种走法。不管太阳什么时候出来，又什么时候落山。田地里的杂草，就在他们的缓慢与悠然间，生长出来，长到跟麦子一样高，一样结饱籽粒。

在这片田野里，一棵草可以放心地长到老而不必担心被人铲除。一棵树也无须担忧自己长错位置，只要长出来，就会生长下去。

人的粮食和毛驴爱吃的杂草长在同一块地里。鸟在树枝上做窠，在树下的麦田捉虫子吃，有时也啄食半黄的麦粒，人睁一眼闭一眼。库车的麦田里没有麦草人，鸟连真人都不怕，敢落到人帽上。敢把窝筑在一伸手就够到的矮树枝上。

一年四季，田野的气息从那些弯曲的小巷吹进老城。杏花开败了，麦穗扬花。桑子熟落时，葡萄下架。靠农业养活，以手工谋生的库车老城，它的每一条巷子都通往果园和麦地。沿着它的每一条土路都走回到过去。毛驴车，这种古老可爱的交通工具，悠悠晃晃，载着人们，在这块绿洲上，一年年地原地打转。永远都跑不快，跑不了多远。也永远不需要跑多快多远。

不远的绿洲之外，是荒无人烟的戈壁沙漠。

辑四

点一盏灯，和自己聊聊

狂风肆虐，树林呼号；

雪花瑟瑟，万籁无声；

桌上的灯燃着，叹一声，和自己生活也很好啊。

咸也好，淡也好

◎ 林清玄

一个青年为着情感离别的苦痛来向我倾诉，气息哀怨，令人动容。

等他说完，我说：“人生里有离别是好事呀！”

他茫然地望着我。

我说：“如果没有离别，人就不能真正珍惜相聚的时刻；如果没有离别，人间就再也没有重逢的喜悦。离别从这个观点看，是好的。”

我们总是认为相聚是幸福的，离别便不免哀伤。但这幸福是比较而来，若没有哀伤作衬托，幸福的滋味也就不能体会了。

再从深一点的观点来思考，这世间有许多的“怨憎会”，在相聚时感到重大痛苦的人比比皆是，如果没有离别这件好事，他们不是要永受折磨，永远沉沦于恨海之中吗？

幸好，人生有离别。

因相聚而幸福的人，离别是好，使那些相思的泪都化成甜美的水晶。

因相聚而痛苦的人，离别最好，雾散云消看见了开阔的蓝天。

可以因缘离散，对处在苦难中的人，有时候正是生命的期待与盼望。

聚与散、幸福与悲哀、失望与希望，假如我们愿意品尝，样样都有滋味，样样都是生命中不可或缺的。

高僧弘一大师，晚年把生活与修行统合起来，过着随遇而安的生活。有一天，他的老友夏丏尊来拜访他，吃饭时，他只配一道咸菜。

夏丏尊不忍地问他："难道这咸菜不会太咸吗？"

"咸有咸的味道。"弘一大师回答道。

吃完饭后，弘一大师倒了一杯白开水喝，夏丏尊又问："没有茶叶吗？怎么喝这平淡的开水？"

弘一大师笑着说："开水虽淡，淡也有淡的味道。"

我觉得这个故事很能表达弘一大师的道风，夏丏尊因为和弘一大师是青年时代的好友，知道弘一大师在李叔同时代，有过歌舞繁华的日子，故有此问。弘一大师则早就超越咸淡的分别，这超越并不是没有味觉，而是真能品味咸菜的好滋味与开水的真清凉。

生命里的幸福是甜的，甜有甜的滋味。

情爱中的离别是咸的，咸有咸的滋味。

生活的平常是淡的，淡也有淡的滋味。

我对年轻人说："在人生里，我们只能随遇而安，来什么品味什么，有时候是没有能力选择的。就像我昨天在一个朋友家喝的茶真好，今天虽不能再喝那么好的茶，但只要有茶喝就很好了。如果连茶也没有，喝开水也是很好的事呀！"

书桌

◎ 林海音

窥探我家的“后窗”，是用不着望远镜的。过路的人只要稍微把头一歪，后窗里的一切，便可以一览无遗。而最先看到的，便是临窗这张触目惊心的书桌！

提起这张书桌，很使我不舒服，因为在我行使主妇职权的范围内，它竟属例外！许久以来，他每天早上夹起黑皮包要上班前，就不会忘记对我下这么一道令：

“我的书桌可不许动！”

这句话说久了真像一句格言，我们随时随地都要以这句“格言”为警惕。

对正在擦桌抹椅的阿彩，我说：“先生的书桌可不许动！”

对正在寻笔找墨的孩子们，我说：“爸爸的书桌可不许动！”

就连刚会单字发音的老四都知道，爬上了书桌前的藤椅，立刻拍拍自己的小屁股，嘴里发出很干脆的一个字："打！"跟着便赶快自动地爬下来。

但是看一看他的书桌在继续保持"不许动"之下，变成了怎样的情形！

书桌上的一切，本是代表他的生活的全部，包括物质与精神的。他仰仗它，得以养家糊口；他仰仗它，达到写读之乐。但我真不知道当他要写或读的时候，是要怎样刨开了桌面上的一片荒芜，好给自己展开一块耕耘之地？忘记盖盖的墨水瓶，和老鼠共食的花生米，剔断的牙签，眼药瓶，眼镜盒，手电筒，回纹针，废笔头……散漫地布满在灰尘朦胧的"玻璃垫"上！另外再有便是东一堆书，西一叠报，无数张的剪报夹在无数册的书本里。字典里是纸片，地图里也是纸片。这一切都亟待整理，但是他说"不许动"！

不许动，使我想起来一个笑话：一个被汽车撞伤的行人呻吟路中，大家主张赶快送医院救治，但是他的家属却说，"不许动！我们要保持现场等着警察来。"不错，我们每天便是以"保持现场等着警察来"的心情看着这张书桌，任其脏乱！

窗明几净表示这家有一个勤快的主妇，何况我尚有"好妻子"的衔称，想到这儿，我简直有点儿冒火儿，他使我的美誉蒙受污辱，我决定要彻底地清理一下这书桌，我不能再等着警察了。

要想把这张混乱的书桌清理出来，并不简单，我一面勘察现场一面运用我的智慧。怎样使它达到清洁、整齐、美观、实用的地步呢？因为除了清洁以外，势必还得把桌面上的东西分门别类地整理一下，使物各就其位，然后才能有随手取用的便利，这一点是要着重的。

我首先把牙签盒送到餐桌上，眼药瓶送回医药箱，眼镜盒应当摆进抽屉里，手电筒是压在枕头底下的，这是第一步。第二步就轮到那些书报了，应当怎么样使它们各就其位呢？我又想起一个故事：据说好莱坞有一位附庸风雅的明星，她买了许多名贵的书籍，排列在书架上，竟是以书皮的颜色分类的，多事的记者便把这件事传出去了。但是我想我还不至于浅薄如此，就凭我在图书馆的那几年编目的经验，对于杜威的十进分类法倒还有两手儿。可是就这张书桌上的文化，也值得我小题大做地把杜威抬出来吗？

待我思索了一会儿以后，决定把这书桌上的文化分成三大类，我先把夹在书本里的剪报全部抖落出来，剪报就是剪报，把它们合成一叠放进一个纸夹里，要参考什么资料，打开纸夹随手取用，便利极了。字典和地图里的纸片是该送进字纸篓的，我又把书本分中西高矮排列起来，整齐多了。至于报纸，留下最近两天的，剩下都跟酱油瓶子一块儿卖出去了，叫卖新闻纸、酒干的老头儿来得也正是时候。

这样一来，书桌上立刻面目一新，玻璃垫经过一番抹擦，光可鉴人，这时连后窗都显得亮些，玻璃垫下压着的全家福也重见天日，照片上的男主人似对我微笑，感谢贤妻这一早的辛劳。

他如时而归。仍是老规矩，推车、取下黑皮包、脱鞋、进屋，奔向书桌。

我以轻松愉快的心情等待着。

有一会儿了，屋里没有声音。这对我并不稀奇，我了解做了丈夫的男人，一点残余的男性优越感尚在作祟，男人一旦结婚，立刻对妻子收敛起赞扬的口气，一切都透着应该的神气，但内心总还是……想到这儿，我的嘴角不觉微微一掀，笑了，我像原谅一个小孩子一样地原谅他了。

但是这时一张铁青的瘦脸孔，忽然来到我的面前："报呢？"

"报？啊，最近两天的都在书桌左上方，旧的刚卖了，今天的价钱还不错，一块四一斤，还是台斤。"

"我是说——剪报呢？"口气有点儿不对。

"剪报，喏，"我把纸夹递给他，"这比你散夹在书报里方便多了。"

"但是，我现在怎么有时间在这一大叠里找出我所要用的？"

"我可以先替你找呀！要关于哪类的？亚盟停开的消息？亚洲排球赛输给人家的消息？还是关于西德独立？或者越南的？"我

正计划着有时间把剪报全部贴起来分类保存，资料室的工作我也干过。

但是他气哼哼地把书一本本地抽出来，这本翻翻，那本翻翻，一面对我沉着脸说："我不是说过我的书桌不许动吗？我这个人做事最有条理，什么东西放在什么地方，都是有一定规矩的，现在，全乱了！"

世间有些事情很难说出它们的正或反，有人认为臭豆腐的实际味道香美无比，有人却说玉兰花闻久了有厕所味儿！正像关于书桌怎样才算整齐这件事，我和他便有臭豆腐和玉兰花的两种不同看法。

虽然如此，我并没有停止给他收拾书桌的工作，事实将是最好的证明，我认为。

但是在两天后他却给我提出新的证明来，这一天他狂笑地捧着一本书，送到我面前："看看这一段，原来别人也跟我有同感，事实是最好的证明！哈哈哈！"他的笑声要冲破天花板。

有一篇题名《人人愿意自己是别人》的文章里，他拿红笔勾出了其中的一段："……一个认真的女仆，决不甘心只做别人吩咐于她的工作。她有一份过剩的精力，她想成为一个家务上的改革者。于是她跑到主人的书桌前，给它来一次彻底的革新，她按照自己的主意把纸片收拾干净。当这位倒霉的主人回家时，发现他的亲切的杂乱已被改为荒谬的条理了……”

有人以为——这下子你完全失败了，放弃对他的书桌彻底改革的那种决心吧！但人们的这种揣测并不可靠。要知道，我们的结合绝非偶然，是经过了三年的彼此认识，才决定“交换饰物”的！我终于在箱底找出了“事实的更好的证明”——在一束陈旧的信札中，我打开来最后的一封，这是一个男人在结束他的单身生活的前夕，给他的“女朋友”的最后一封信，我也把其中的一段用红笔重重地勾出来：

“……从明天起，你就是这家的主宰，你有权改革这家中的一切而使它产生一番新气象。我的一向紊乱的书桌，也将由你的勤勉的双手整理得井井有条，使我读于斯，写于斯，时时都会因有你这样一位妻子而感觉到幸福与骄傲……”

我把它压在全家福的旁边。

结果呢？——性急的读者总喜欢打听结果，他们急于想知道现在书桌的情况，是“亲切的杂乱”呢？还是“荒谬的条理”？关于这张书桌，我不打算再加以说明了，但我不妨说的是，当他看到自己早年的爱情的诺言后，是用罕有的、温和的口气在我耳旁悄声地说：“算你赢，还不行吗？”

红烛

◎ 靳以

为了装点这凄清的除夕，友人从市集上买来一对红烛。

划一根火柴，便点燃了，它的光亮立刻就劈开了黑暗，还抓破了沉在角落上阴暗的网。

在跳跃的火焰中，我们互望着那照映得红红的脸，只是由于这光亮呵，心才感到温暖了。

可是户外赤裸着的大野，忍受着近日来的寒冷，忍受那无情的冻雨，也忍受地上滚着的风，还忍受着黑夜的重压……它沉默着，没有一点音响，像那个神话中受难的巨人。

红烛仍在燃着，它的光愈来愈大了，它独自忍着那煎熬的苦痛，使自身遇到灭亡的劫数，却把光亮照着人间。我们用幸福的眼互望着，虽然我们不像孩子那样在光亮中自由地跳跃，可是我们的心里那么欢愉。它使我们忘记了寒冷，也忘记了风雨，还忘记了黑夜；它只把我们领到和平的境界中，想着孩子的时代，那天真无邪的日子，用朴质的心来爱别人，也用那纯真的心来憎恨。用孩子的心来织造理想的世界，为什么有虎狼一般的爪牙呢？为什么有那一双血红的眼睛呢？为什么有鲜血和死亡呢？为什么有压迫和剥削呢？大人们难道不能相爱着活下去吗？

可是突然，不知道是哪里的一阵风，吹熄了那一对燃着的红烛。被这不幸的意外所袭击，记忆中的孩子的梦消失了，我和朋友都噤然无声，只是紧紧地握着手。黑暗又填满了这间屋子。那风还不断地吹进来，斜吹的寒雨仿佛也有一点雨点落在我的脸上和手上。凄惶的心情盖住我，我还是凝视着那余烬的微光，终于它也无声地沉在黑暗中了。

我们还是静静地坐着，眼前只是一片黑，怎么样还能想得到那一对辉煌的红烛呢？怎么样还能想得到那温煦的火亮呢？什么都没有了，一切都消失了，我们只是静静地坐着。

于是我又想到原来我们是住在荒凉的大野呵，望出去重叠着的是近山和远山，那幽暗的深谷像藏着莫测的诡秘，那狰狞的树林也是无日无夜地窥伺着我们这里，日间少行人，夜里也难得有一个火亮的，我们原来是把自己丢在这个寂寞所在，而今我们又被无情的寒风丢在黑暗之中……

我们还只是坚强地坐着，耐心地等待着，难道这黑夜真是无尽的吗？不是再没有雨丝吹进来了吗？不是瓦上檐间的淅沥的雨的低语已经停止了吗？风是更大了，林树在呼号着，可是它正可以吹散那一天乌云，等着夜蚀尽了，一个火红的太阳不是就要出来吗？

“是，太阳总要出来的，黑夜还是要消失的！”我暗自叫着，于是不再惋惜那一对熄了的红烛，只是怀了满胸热望，等待着将出的太阳。

养花

◎ 老舍

我爱花，所以也爱养花。我可还没成为养花专家，因为没有工夫去做研究与试验。我只把养花当作生活中的一种乐趣，花开得大小好坏都不计较，只要开花，我就高兴。在我的小院中，到夏天，满是花草，小猫儿们只好上房去玩耍，地上没有它们的运动场。

花虽多，但无奇花异草。珍贵的花草不易养活，看着一棵好花生病欲死是件难过的事。我不愿时时落泪。北京的气候，对养花来说，不算很好。冬天冷，春天多风，夏天不是干旱就是大雨倾盆，秋天最好，可是忽然会闹霜冻。在这种气候里，想把南方的好花养活，我还没有那么大的本事。因此，我只养些好种易活、自己会奋斗的花草。

不过，尽管花草自己会奋斗，我若置之不理，任其自生自灭，它们多数还是会死了的。我得天天照管它们，像好朋友似的关切它们。一来二去，我摸着一些门道：有的喜阴，就别放在太阳地里，有的喜干，就别多浇水。这是个乐趣，摸住门道，花草养活了，而且三年五载老活着、开花，多么有意思呀！不是乱吹，这就是知识呀！多得些知识，一定不是坏事。

我不是有腿病吗，不但不利于行，也不利于久坐。我不知道花草们受我的照顾，感谢我不感谢；我可得感谢它们。在我工作的时候，我总是写了几十个字，就到院中去看看，浇浇这棵，搬搬那盆，然后回到屋中再写一点，然后再出去，如此循环，把脑力劳动与体力劳动结合到一起，有益身心，胜于吃药。要是赶上狂风暴雨或天气突变哪，就得全家动员，抢救花草，十分紧张。几百盆花，都要很快地抢到屋里去，使人腰酸腿疼，热汗直流。第二天，天气好转，又得把花儿都搬出去，就又一次腰酸腿疼，热汗直流。可是，这多么有意思呀！不劳动，连棵花儿也养不活，这难道不是真理吗？

送牛奶的同志，进门就夸“好香”！这使我们全家都感到骄傲。赶到昙花开放的时候，约几位朋友来看看，更有秉烛夜游的神气——昙花总在夜里放蕊。花儿分根了，一棵分为数棵，就赠给朋友们一些；看着友人拿走自己的劳动果实，心里自然特别喜欢。

当然，也有伤心的时候，今年夏天就有这么一回。三百株菊秧还在地上（没到移入盆中的时候），下了暴雨。邻家的墙倒了下来，菊秧被砸死者约三十多种，一百多棵！全家都几天没有笑容！

有喜有忧，有笑有泪，有花有实，有香有色，既须劳动，又长见识，这就是养花的乐趣。

春生屋角炉

◎ 张恨水

一日过上清寺，看到某大厦三层楼，铁炉子烟囱，四处钻出，几个北方同伴，不约而同地喊了一声久违久违。煤炉这东西在北方实在是没啥稀奇，过了农历十月初一，所有北平的住户，屋里都须装上煤炉，第一等的，自然是屋子里安上热气管，尽管干净，但也有人嫌那不够味。第二等就是铁皮煤炉，将烟囱支出窗户或墙角去。第三等是所谓“白炉子”，乃是黄泥糊的，外层涂着白粉，一个铁架子支着，里面烧煤球。烧煤球有许多技巧，这里不能细说。但唯一的条件，必须把煤球烧得红透了，才可以端进屋子，否则会把屋子里人熏死。每冬，巡警阁子里，都有解煤毒的药，预备市民随时取用，也可见中毒人之多。其实煤球烧红了，百分之百的保险，无奈那些懒而又怕冷的人，好在屋子里添煤，添完了就去睡暖炕，不中毒何待？

铁炉子是比较卫生而干净。战前，有白钢或景泰蓝装饰的，大号也不过十一二元。普通的三四号炉子，只要三四元。白铁片烟囱，二毛几一节，黑铁的一毛儿一节，一间屋子有二三十节足矣。所以安一个炉子计，材料共需十元上下。小炉子每冬烧门头沟煤约一吨半，若日夜不停地烧，也只是两吨，每吨价约十元上下。所以一间屋子的设备，加上引火柴块，也只是二十元。若烧山西红煤，约加百分之五十的用费，那就很考究了。你说，于今在重庆惊为至宝，咱们往年在北平住着的人听说，不会笑掉牙吗？

煤炉不光是取暖，在冬天，真有个趣味。书房屋角里安上一个炉子，讲究一点，可以花六七元钱，用四块白铁皮将它围上，免得烤煳了墙壁。尽管玻璃窗外，西北风作老虎叫，雪花像棉絮团向下掉，而炉子烧上大半炉煤块，下面炉口呼呼地冒着红光，屋子内会像暮春天气，人只能穿一件薄丝棉袍或厚夹袍。若是你爱穿西装，那更好，法兰绒的或哔叽的，都可以支持。书房照例是大小有些盆景，秋海棠，梅花，金菊，碧桃，晚菊，甚至夏天的各种草本花，颠倒四季，在案头或茶几上开着。两毛钱一个的玻璃金鱼缸，红的鱼，绿的草，放在案头，一般地供你一些活泼生机。

我是个有茶癖的人，炉头上，我向例放一只白搪瓷水壶，水是常沸，丁零零地响着，壶嘴里冒气。这样，屋子里的空气不会干燥，有水蒸气调和它。每当写稿到深夜，电灯灿白地照着花影，这个水壶的响声，很能助我们一点文思。古人所谓“瓶笙”，就是这玩意儿了。假如你是个饮中君子，炉子上热它四两酒，烤着几样卤菜。坐在炉子边，边吃边喝，再剥几个大花生，你真会觉着炉子的可爱。假如你有个如花似玉的妻子伴着，两个人搬了椅子斜对炉子坐着，闲话一点天南地北，将南方去的闽橘或山橘，在炉上烤上两三个，香气四统。你看女人穿着夹衣，脸是那样红红的。钟已十二点以后，除了雪花瑟瑟，此外万籁无声，年轻弟弟们，你还用我向下写吗？

我还是说我。过了半辈子夜生活，觉得没有北平的冬夜，给我以便利了。书房关闭在大雪的院子里，没有人搅扰我，也没有声音搅扰我。越写下去电灯越亮，炉子里火也越热，盆景里的花和果盘里的佛手在极静止的环境里供给我许多清香。饿了烤它两三片面包，或者两三个咖喱饺子，甚至火烧夹着猪头肉，那种热的香味也很能刺人食欲，斟一杯热茶，就着吃，饱啖之后，还可伏案写一二小时呢。

铁炉子呀！什么时候，你再回到我的书房一角落？

为了一本书

◎ 朱鸿

还记得那本书的名字，也记得它的封面是一片海蓝，以白色勾勒着漂亮的抛物线和三角形。它的纸张已经发黄变脆，不过书脊未损，书角未折。它不过是一本关于代数与几何题解的很平常的书，可在十几年之前，特别是在我那个偏僻的农村中学，尤其对我这个大学考生，它却如过河的列石或登山的台阶一样宝贵。

我们都知道，这本书是数学老师的，他送给了班长，其是全校师生公认的可以考进大学的重点学生。班长很珍重它，总是小心地打开，又小心地合上。

一天中午，学生都回家去了，老师也吃饭去了，美丽的校园静静的，只有几个麻雀聒噪。空空荡荡的教室，剩下了我一个人。偶尔抬头，我蓦地发现了班长桌兜里的书：它悄悄地斜躺着，似乎是在等待我。

根本没有防备，一个念头那么快地一闪，随之，我感到教室轰然而响，心便激烈跳动起来，因为我意识了我要干什么。我怔怔地看着书，也好像书在怔怔地看着我，足足有三分钟之久，我们彼此紧张地对视着。

终于未能抵抗住它的诱惑，我东张西望地巡视了一下，发现教室周围没有任何动静，便颤抖着手，把班长的书拿走了。

当时，我没有深入地想，只认为，如果我不在学校看这本书，那么将无人知道真相。

不过我心虚，非常害怕老师查询这件事情。我敏感地观察着老师，也敏感地观察着班长。我看着三个五个同学聚在一起，便尖起耳朵，或要怯懦地凑过去，总好像他们在议论我似的。我暗暗地掩饰情绪，使自己保持镇定，以防露出破绽。

书是带回家了，但我却一直不敢用它。我将它藏在墙壁的一孔黑暗的洞穴，担心村子的哪个同学飘然而至发现它。我想，如果是这样，那么我就彻底完了。

几乎有一个星期，我都是惶惶不安的。

然而阳光灿烂，白云悠闲，什么事情也没有发生。在这种情况下，我才偷偷展开其书，照着它复习起来。

万万没有预料，班长会在一天黄昏突然到我家来。他是给村子所有的同学传达一个通知的，并不是因为怀疑我便有目的有计划地在侦查。然而其书摊在桌面上，他发现了！

他骤然凝固起来的目光，使我多么尴尬啊！他难以开口，我也难以开口，于是我们就愣愣地站着。我两腮滚烫，只希望无边的黑暗像洪水一般涌进屋子，使班长别看见我，也别看见书，什么都不要看见，可他却偏偏把一切都看见了。

要永远感谢班长的，是他重复了一遍学校的通知，才打破了沉默，并改变了窘迫，而且直到离开我的村子，他都没有询问我这本书的来历。不然我脆弱的心是承受不了的。

也许我将这本书还给班长，再诚挚地向他道歉，问题就可以解决，甚至这可能会受到老师的表扬，不过我以为这太丢人。我很清楚，一个渐渐临近十八岁的青年的名誉污染了，将意味着什么！我悄然发誓，无论如何，都不能让人知道这件事情。

忘记不了，天还未亮我就起床了，不过我不是到学校去。我是匆匆赶往西安。我穿着胶鞋，戴着草帽，一个人迎着潇潇春雨，从西安南大街走到东大街，又从北大街走到西大街，顾不得吃饭，顾不得喝水，顾不得看一看五彩缤纷的人潮和车流，我只是一个书店接着一个书店地寻找，寻找一本书，一本封面是海蓝的，其中勾勒着抛物线和三角形的书。

那时候我想着，如果我买到它，那么我将把班长的书永远藏起来。我要拿着自己买的这一本，堂而皇之地在学校翻阅，在老师和同学面前翻阅。我会让所有人知道我有一本这样的书，根本不必偷班长的。

我知道这样做对不起班长，然而为了尊严，迫不得已了。不过我在心里说：今后再也不要做这种羞耻的事情了。

然而脚磨烂了，腿累肿了，我仍一无所获。营业员告诉我，这本书是以前出版的，现在的书店早就不卖它了。

如丝如缕的春雨慢慢停息了，不过我的心里一片阴湿。我感到回家的路比进城的路要艰难十倍。我似乎已经缺乏勇气再走进我的村子和我的校园了！

坐在草丛的一块青石上，我抓起一把泥土捏弄着。春雨之后的田野空旷而寂静。我久久地坐着，忧虑重重，不知道如何是好。

一道灿烂的霞光是怎么照亮天空的，我没有注意，不过当它的明丽与温柔映在苍翠的大地上与我孤独的身上的时候，我却感觉到了。我像从一场梦中惊醒似的，一切灰暗的情绪遽然消失。

我一下有了处理这个问题最好的方案，我的眼睛涌满了泪水！

辑五

学会留白，爱情才会成长

神像前的女子，
眼中满是祈求，举起双手，
心中的思念，让她沐浴在美丽的光辉中。

暮色中的炊烟

◎ 迟子建

炊烟是房屋升起的云朵，是劈柴化成的幽魂。它们经过了火光的历练，又钻过了一段漆黑的烟道后，一旦从烟囱中脱颖而出，就带着股超凡脱俗的气质，宁静、纯洁、轻盈、缥缈。无云的天气中，它们就是空中的云朵；而有云的日子，它们就是云的长裙下飘逸着的流苏。

那时煤还没有被广泛作为燃料，家家户户的火炉吞吃的，自然就是劈柴了。劈柴来源于树木，它汲取了天地万物的精华，因而燃烧后落下的灰烬是细腻的，分解出的烟也是不含杂质的，白得透明。

如果你晚霞满天的时候来到山顶，俯瞰山下的小镇，可以看到一动一静两个情景，它们恰到好处地组合成了一幅画面：静的是一幢连着一幢的房屋，动的则是袅袅上升的炊烟。房屋是冷色调的，炊烟则是暖色调的。这一冷一暖，将小镇宁静平和的生活气氛完美地烘托出来了。

女人们喜欢在晚饭后串门，她们去谁家串门前，要习惯地看一眼这家烟囱冒出的炊烟，如果它格外的浓郁，说明人家的晚饭正忙在高潮，饭菜还没有上桌呢，就要晚一些过去；而如果那炊烟细若游丝、若有若无，说明饭已经吃完了，你这时过去，人家才有空儿聊天。炊烟无形中充当了密探的角色。

一般来说，早晨的炊烟比较疏朗，正午的隐隐约约，而黄昏的炊烟最为浓郁。人们最重视的是晚饭。但这只是针对春夏秋三季而言的。到了冬天，由于天气寒冷，灶房的火炉几乎没有停火的时候，家家的炊烟在任何时刻看上去都是蓬勃的。这时候，我会觉得火炉就是这世上最大的烟鬼，它每时每刻都向外鼓着烟，它吞吃的那大量的劈柴，想必就是烟丝吧。

炊烟总是上升的，它的气息天空是最为熟悉的了。但也有的时候气压过于低，烟气下沉，炊烟徘徊在屋顶，我们就会嗅到它的气息。那是一种草木灰的气息，有点微微的涩，涩中又有一股苦香，很耐人寻味。这缕涩中杂糅着苦香的气息，常让我忆起一个与炊烟有关的老女人的命运。

在北极村的姥姥家居住的时候，我喜欢趴到东窗去望外面的风景。窗外是一片很大的菜园，种了很多的青菜和苞米。菜地的尽头，是一排歪歪斜斜的柞木栅栏，那里种着牵牛花。牵牛花开的时候，那面陈旧暗淡的栅栏就仿佛披挂了彩带，看上去喜气洋洋的。在木栅栏的另一侧，是另一户人家的菜地，她家种植了大片大片的向日葵。从东窗，还能看见她家的木刻楞房屋。

这座房屋的主人是个俄罗斯老太太，她是斯大林时代避难过来的，早已加入了中国国籍。北极村与她的祖国，只是一江之隔。所以每天我从东窗看见的山峦，都是俄罗斯的。她嫁了个中国农民，是个马夫，生了两个儿子。她的丈夫死后，两个儿子相继结了婚，一个到外地去了，另一个仍留在北极村，不过不跟她住在一起。那个在北极村的儿子为她添了个孙子，叫秋生。秋生呆头呆脑的，他只知道像牛一样干活，见了人只是笑，不爱说话，就是偶尔跟人说话也是说不连贯。秋生不像他的父母，他三天两头就来看望他的奶奶。秋生一来就是干活，挑着桶去水井，一担一担地挑水，把大缸小缸都盛满水；再抡起斧子劈柴火，将它们码到柴垛上；要不就是握着扫帚扫院子，将屋前屋后都打扫得干干净净的。所以我从东窗，常能看见秋生的影子。除了他，老太太那里再没别人去了。

那时中苏关系比较紧张，苏联的巡逻机常常嗡嗡叫着低空盘旋，我方的巡逻艇也常在黑龙江上徘徊。不过两国的百姓却是友好的，我们到江边洗衣服或是捕鱼，如果看见界河那侧的江面上有小船驶过，而那船头又站着人的话，他们就会和我们招手，我们也会和他们招手。我那时最犯糊涂的一件事就是：为什么喝着同一江的水，享受着相同的空气，烧着同样的劈柴，他们说的却是另外一种我们听不懂的语言，而且长得也和我们不一样，鼻子那么大，头发那么黄，眼睛又那么蓝？

那时村中的人很忌讳和她来往，因为一不留神，就会因此而被戴上一顶“苏修特务”的帽子。她似乎也不喜欢与村中人交往，从不离开院门，只待在家里和菜园中。我到玉米地里时，隔着栅栏，常能看见她在菜园劳作的身影。她个子很高，虽然年纪大了，但一点也不驼背。她喜欢穿一条黑色的曳地长裙，戴一条古铜色三角巾。她脸上的皮肤非常白皙，眼窝深深凹陷，那双碧蓝的眼睛看人时非常清澈。我姥姥不喜欢我和她说话，但有两次隔着栅栏她吆喝我去她家玩，我就跃过栅栏，跟着她去了。我至今记得她的居室非常整洁，北墙上悬挂着一个座钟，座钟下面是一张紫檀色长条桌，桌上喜欢摆着两个碟子，一只装着蚕豆，一只装着葵花子，此外还有一个茶壶、一个茶盅和一副扑克牌。这桌子上的东西展现了她家居生活的情态：喝茶，吃蚕豆，嗑瓜子，摆扑克牌。她的汉语说得有些生硬，好像她咬着舌头在说话。她把我领到家后，喜欢把我抱起，放在一把椅子上。我端端正正地坐着的时候，她就为我抓吃的去了。蚕豆、瓜子是最常吃的，有的时候也会有一块糖。我自幼满口虫牙，硬东西不敢碰，而她虽然已是个老人，牙齿却格外的坚实，嚼起蚕豆有声有色的，非常轻松和惬意。与她熟了后，她就教我跳舞，她喜欢站在屋子中央，扬起胳膊，口中哼唱着什么，原地旋转着。她旋转的时候那条黑色的裙子就鼓胀起来了，有如一朵盛开的牵牛花。她外表的冷漠和沉静，与她内心的热情奔放形成了鲜明的对比。北极村的很多老太太都缠过足，走路扭扭摆摆的，且都是小碎步；而她却是个大脚片子，她走起路来又稳又快，我那时把她爱跳舞归结为她拥有一双自由的脚，并不知道一双脚的灵魂其实是在心上。

那些不上她家串门的邻居，其实对她也是关心的。他们从两个途径关心着她，一个是秋生，一个就是炊烟了。人们见了秋生会问他，秋生，你奶奶身体好吗？秋生嘿嘿地笑，人们就知道她是硬朗的。而我姥姥更喜欢从她家的烟囱观察她的生活状况，那炊烟总是按时按晌地从屋顶升起，说明她生活得有滋有味的，很有规律。大家也就很放心。

冬天到来的时候，园田就被白雪覆盖了。天冷，我就很少到老太太家去玩了。玻璃窗上总是蒙着霜花，一派朦胧，所以也很少透过东窗去看那座木刻楞房屋了。她家的炊烟几时升起，又几时落下，我们也就不知晓了。

老太太在冬季时静悄悄地死了，她是孤独地离开这个冰雪世界的。那几天秋生没过来，人们是通过她家的烟囱感觉她出了事的。

住在她家后一趟房的人家，每天早晚抱柴生火时，总要习惯地看一眼她的烟囱，结果她连续两天都没有发现那烟囱冒出一缕炊烟，知道老太太大事不好了，于是喊来她的家人，进屋一看，老太太果然已经僵直在炕上了。

从那以后，我再也没有在暮色苍茫的时分看到过那幢房屋飘出炊烟，尽管村子里其他房屋的炊烟仍然妖娆地升起，但我总觉得最美的一缕已经消逝了。

一个女人的爱情观

◎ 张晓风

忽然发现自己的爱情观很土气，忍不住笑了起来。

对我而言，爱一个人就是满心满意要跟他一起“过日子”，天地鸿蒙荒凉，我们不能妄想把自己扩充为六合八方的空间，只希望以彼此的火烬把属于两人的一世时间填满。

客居岁月，暮色里归来，看见有人当街亲热，竟也视若无睹，但每看到一对人手牵手提着一把青菜一条鱼从菜场走出来，一颗心就忍不住恻恻地痛了起来，一蔬一饭里的天长地久原是如此味永难言啊！相拥的那一对也许今晚就分手，但一鼎一镬里却有其朝朝暮暮的恩情啊！

爱一个人原来就只是在冰箱里为他留一只苹果，并且等他归来。

爱一个人就是在寒冷的夜里不断在他杯子里斟上刚沸的热水。

爱一个人就是喜欢两人一起收尽桌上的残肴，并且听他在水槽里刷碗的音乐——事后再偷偷地把他不曾洗干净的地方重洗一遍。

爱一个人就有权利霸道地说："不要穿那件衣服，难看死了。穿这件，这是我新给你买的。"

爱一个人就是一本正经地催他去工作，却又忍不住躲在他身后想捣几次小小的蛋。

爱一个人就是在拨通电话时忽然不知道要说什么，才知道原来只是想听听那熟悉的声音，原来真正想拨通的，只是自己心底的一根弦。

爱一个人就是把他的信藏在皮包里，一日拿出来看几回、哭几回、痴想几回。

爱一个人就是在他迟归时想上一千种坏可能，在想象中经历万般劫难，发誓等他回来要好好罚他，一旦见面却又什么都忘了。

爱一个人就是在众人暗骂："讨厌！谁在咳嗽！"你却急道："唉，唉，他这人就是记性坏啊，我该买一瓶川贝枇杷膏放在他的背包里的！"

爱一个人就是上一刻钟想把美丽的恋情像冬季的松鼠秘藏坚果一般，将之一一放在最隐秘最安妥的树洞里，下一刻钟却又想告诉全世界这骄傲自豪的消息。

爱一个人就是在他的头衔、地位、学历、经历、善行、劣迹之外，看出真正的他不过是个孩子——好孩子或坏孩子——所以疼了他。

也因此，爱一个人就是喜欢听他儿时的故事，喜欢听他有几次大难不死，听他如何淘气惹厌，怎样善于玩弹珠或打“水漂漂”，爱一个人就是忍不住替他记住了许多往事。

爱一个人就不免希望自己更美丽，希望自己被记得，希望自己的容颜体貌在极盛时于对方如霞光过目，永不相忘，即使在繁花谢树的残冬，也有一个人沉如历史典册的瞳仁可以见证你的华采。

爱一个人总会不厌其烦地问些或回答些傻问题，例如：“如果我老了，你还爱我吗？”“爱。”“我的牙都掉光了呢？”“我吻你的牙床！”

爱一个人便忍不住迷上那首《白发吟》：

亲爱的，我年已渐老
白发如霜银光耀
唯你永是我爱人
永远美丽又温柔……

爱一个人常是一串奇怪的矛盾，你会依他如父，却又怜他如子；尊他如兄，又复宠他如弟；想师事他，跟他学，却又想教导他，把他俘虏成自己的徒弟；亲他如友，又复气他如仇；希望成为他的女皇，他唯一的女主人，却又甘心做他的小丫鬟小女奴。

爱一个人会使人变得俗气，你不断地想：晚餐该吃牛舌好呢，还是猪舌？蔬菜该买大白菜呢，还是小白菜？房子该买在三张犁呢，还是六张犁？而终于在这份世俗里，你了解了众生，你参与了自古以来匹夫匹妇的微不足道的喜悦与悲辛，然后你发觉这世上有超乎雅俗之上的情境，正如日光超越调色盘上的色样。

爱一个人就是喜欢和他拥有现在，却又追忆着和他在一起的过去。喜欢听他说，那一年他怎样偷偷喜欢你，远远地凝望着你。爱一个人又总期望着未来，想到地老天荒的他年。

爱一个人便是小别时带走他的吻痕，如同一幅画，带着鉴赏者的朱印。

爱一个人就是横下心来，把自己小小的赌本跟他合起来，向生命的大轮盘去下一番赌注。

爱一个人就是让那人的名字在临终之际成为你双唇间最后的音乐。

爱一个人，就不免生出共同的、霸占的欲望。想认识他的朋友，想了解他的事业，想知道他的梦。希望共有一张餐桌，愿意同用一双筷子，喜欢轮饮一杯茶，合穿一件衣，并且同衾共枕，奔赴一个命运，共寝一个墓穴。

前两天，整理房间，理出一只提袋，上面赫然写着“××孕妇服装中心”，我愕然许久，既然这房子只我一人住，这只手提袋当然是我的了，可是，我何曾跑到孕妇店去买衣服？于是不甘心地坐下来想，想了许久，终于想出来了。我那天曾去买一件斗篷式的土褐色短褛，便是用这只绿袋子提回来的，我的确闯到孕妇店去买衣服了。细想起来那家店的模特儿似乎都穿着孕妇装，我好像正是被那种美丽沉甸的繁殖喜悦所吸引而走进去的。这样说来，原来我买的那件宽松适意的斗篷式短褛竟真是给孕妇设计的。

这里面有什么心理分析吗？是不是我一直追忆着怀孕时强烈的酸苦和欣喜而情不自禁地又去买了一件那样的衣服呢？想多年前冬夜独起，灯下乳儿的寒冷和温暖便一下涌回心头，小儿吮乳的时候，你多么希望自己的生命就此为他竭泽啊！

对我而言，爱一个人，就不免想跟他生一窝孩子。

当然，这世上也有人无法生育，那么，就让共同培育的学生，共同经营的事业，共同爱过的子侄晚辈，共同谱成的生活之歌，共同写完的生命之书来做他们的孩子。

也许还有更多更多可以说的，正如此刻，爱情对我的意义是终夜守在一盏灯旁，听车声退潮再复涨潮，看淡紫的天光愈来愈明亮，凝视两人共同凝视过的长窗外的水波，在矛盾的凄凉和欢喜里，在知足感恩和渴切不足里细细体会一条河的韵律，并且写一篇叫《爱情观》的文章。

你为什么不来

◎ 许地山

在夭桃开透，浓荫欲成的时候，谁不想伴着他心爱的人出去游逛游逛呢？在密云不飞、急雨如注的时候，谁不愿在深闺中等她心爱的人前来细谈呢？

她闷坐在一张睡椅上，紊乱的心思像窗外的雨点——东抛，西织，来回无定，在有意无意之间，又顺手拿起一把九连环慵懒懒地解着。

丫头进来说："小姐，茶点都预备好了。"

她手里还是慵懒懒地解着，口里却发出似答非答的声："——他为什么还不来？"

除窗外的雨声，和她手中轻微的银环声以外，屋里可算静极了！在这幽静的屋里，忽然从窗外伴着雨声送来几句优美的歌曲：

你放声哭，

因为我把林中善鸣的鸟笼住吗?

你飞不动，

因为我把空中的雁射杀吗?

你不敢进我的门，

因为我家养狗提防客人吗?

因为我家养猫捕鼠，

你就不来吗?

因为我的灯火没有笼罩，

烧死许多美丽的昆虫

你就不来吗?

你不肯来，

因为我有……

“有什么呢?”她听到末了这句，那紊乱的心就发出这样的问。她心中接着想：因为我约你，所以你不肯来；还是因为大雨，使你不能来呢?

无情的多情和多情的无情

◎ 梁遇春

情人们常常觉得他俩的恋爱是空前绝后的壮举，跟芸芸众生的男欢女爱绝不相同。这恐怕也只是恋爱这场黄金好梦里面的幻影吧。其实通常情侣正同博士论文一样地平淡无奇。为着要得博士而写的论文同为着要结婚而发生的恋爱大概是一样没有内容吧。通常的恋爱约略可以分作两类：无情的多情和多情的无情。

一双情侣见面时就倾吐出无限缠绵的话，接吻了无数万次，欢喜得淌下眼泪，分手时依依难舍，回家后不停地吟味过去的欣欢——这是正打得火热的时候。后来时过境迁，两人不得不含着满泡眼泪离散了，彼此各自有个世界，旧的印象逐渐模糊了，新的引诱却不断地现在当前。经过了一段若即若离的时期，终于跟另一爱人又演出旧戏了。此后也许会重演好几次。或者两人始终保持当初恋爱的形式，彼此的情却都显出离心力，向外发展，暗把种种盛意搁在另一个人身上了。这般人好像天天都在爱的旋涡里，却没有弄清真是爱哪一个人，他们外表上是多情，处处花草颠连，实在是无情，心里总只是微温的。他们寻找的是自己的享乐，以“自己”为中心，不知不觉间做出许多残酷的事，甚至于后来还去赏鉴一手包办的悲剧，玩弄那种微酸的凄凉情调，拿所谓痛心的事情来解闷消愁。天下有许多的眼泪流下来时有种快感，这般人却顶喜欢尝这个精美的甜味。他们爱上了爱情，为爱情而恋爱，所以一切都可以牺牲，只求始终能尝到爱的滋味而已。他们是拿打牌的精神踱进情场，“玩玩吧”是他们的信条。他们有时也假装诚恳，那无非因为可以更玩得有趣些。他们有时甚至于自己也糊涂了，以为真是以全生命来恋爱，其实他们的下意识是了然的。他们好比上场演戏，虽然兴高采烈时忘了自己，居然觉得真是所扮的角色了，可是心中明知台后有个可以洗去脂粉，脱下戏衫的化装室。他们拿人生最可贵的东西爱情来玩弄，跟人生开玩笑，真是聪明得近乎大傻子了。这般人我们无以名之，名之为无情的多情人，也就是洋鬼子所谓Sentimental（多愁善感的）了。

上面这种情侣可以说是走一程花草缤纷的大路。另一种情侣却是探求奇怪瑰丽的胜境，不辞跋涉崎岖长途，缘着悬岩峭壁屏息而行，总是不懈本志，从无限苦辛里得到更纯净的快乐。他们常拿难题来试彼此的挚情，他们有时现出冷酷的颜色。他们觉得心心既相印了，又何必弄出许多虚文呢？他们心里的热情把他们的思想毫发毕露地照出，他们的感情强烈得清晰有如理智。天下抱定了成仁取义的决心的人干事时总是分寸不乱，行若无事的，这般情人也是神情清爽，绝不慌张的，他们始终是朝一个方向走去，永久抱着同一的深情，他们的目标既是如皎日之高悬，像大山一样稳固，他们的步伐怎么会乱呢？他们已从默然相对无言里深深了解彼此的心曲，他们哪里用得着绝不能明白传达我们意思的言语呢？他们已经各自在心里矢誓，当然不作无谓的殷勤话儿了。他们把整个人生搁在爱情里，爱存则存，爱亡则亡，他们怎么会拿爱情做人生的装饰品呢？他们自己变为爱情的化身，绝不能再分身跳出圈外来玩味爱情。聪明乖巧的人们也许会嘲笑他们态度太严重了，几十个夏冬急水般的流年何必如是死板板地过去呢？但是他们觉得爱情比人生还重要，可以情死，绝不可为着贪生而断情。他们注全力于精神，所以忽于形迹，所以好似无情，其实深情，真是所谓“多情却似总无情”。我们把这类恋爱叫作多情的无情，也就是洋鬼子所谓 Passionate（热情的）了。

但是多情的无情有时渐渐化作无情的无情了。这种人起先因为全借心中白热的情绪，忽略外表，有时却因为外面惯于冷淡，心里也不知不觉地淡然了。人本来是弱者，专靠自己心中的魄力，不知道自己魄力的脆弱，就常因太自信了而反坍台。好比那深信具有坐怀不乱这副本领的人，随便冒险，深入女性的阵里，结果常是冷不防地陷落了。拿宗教来做比喻吧。宗教总是有许多仪式，但是有一般人觉得我们既然虔信不已，又何必这许多无谓的虚文缛节呢，于是就将这道传统的玩意儿一笔勾销，但是精神老是依着自己，外面无所附着，有时就有支持不起之势，信心因此慢慢衰颓了。天下许多无谓的东西所以值得保存，就因为它是无谓的，可以做个表现各种情绪的工具。老是扯成满月形的弦不久会断了，必定有弛张的时候。睁着眼睛望太阳反见不到太阳，眼睛倒弄晕眩了，必定斜着看才行。老子所谓“无”之为用，也就是在这类地方。

拿无情的多情来细味一下吧。乔治·桑在她的小说里曾经隐约地替自己辩护道：“我从来绝没有同时爱着两个人。我绝没有，甚至于在思想里，属于两个人，无论在什么时候。这自然是指当我的情热继续着。当我不再爱一个男人的时候，我并没有骗他。我同他完全绝交了。不错，我也曾设誓，我在狂热时候，永远爱他；我设誓时也是极诚意的。每次我恋爱，总是这么热烈地，完全地，我相信那是我生平第一次，也是最后一次的真恋爱的。”乔治·桑的爱人多极了，这是谁都知道的事情，但是我们不能说她不诚恳。乔治·桑是个伟大的爱人，几千年来像她这样的人不过几个，自然不能当作常例看，但是通常牵情的人们的确有他可爱的地方。他们是最含有诗意的人们，至少他们天天总弄得欢欣地过日子。假使他们没有制造出事实的悲剧，大家都了然这种飞鸿踏雪泥式的恋爱，将人生渲染上一层生气勃勃，清醒活泼的恋爱情调，情人们永久是像朋友那样可分可合，不拿契约来束缚水银般转动自如的爱情，不处在委曲求全的地位，那么整个世界会青春得多了。唯美派说从一而终的人们是出于感觉迟钝，这句话像唯美派其他的话一样，也有相当的道理。许多情侣多半是始于恋爱，而终于莫名其妙的妥协。他们忠于彼此的婚后生活并不是出于他们恋爱的真挚持久，却是因为恋爱这个念头已经根本枯萎了。法朗士说过："当一个人恋爱的日子已经结束，这个人大可不必活在世上。"高尔基也说："若使没有一个人热烈地爱你，你为什么还活在世上呢？"然而许多应该早下野，退出世界舞台的人却总是恋栈，情愿无聊赖地多过几年那总有一天结束的生活，却不肯急流勇退，平安地躺在地下，免得世上多一个麻木的人。"生的意志"（Will to live）使人世变成个血肉模糊的战场。它又使人世这么阴森森地见不到阳光。在悲剧里，一个人失败了，死了，他就立刻退场，但是在这幕大悲剧里许多虽生犹死的人们却老占着场面，挡住少女的笑窝。许多夫妇过一种死水般的生活，他们意志消沉得不想再走上恋爱舞场，这样的忠实有什么可赞美呢？他们简直是冷冰的，连微温情调都没有了，而所谓 Passionate 的人们一失足，就掉进这个陷阱了。爱情的火是跳动的，需要新的燃料，否则很容易被人世的冷风一下子吹熄了。中国文学里的情人多半是属于第一类的，说得肉麻点，可以叫作卿卿我我式的爱情，外国文学里的情人多半是属于第二类的，可以叫作生生死死的爱情，这当有许多例外，中国有尾生这类痴情的人，外国有屠格涅夫，拜伦等描写的玩弄爱情滋味的人。

眷眷草

◎ 缪崇群

恋情哟，你来，躺下吧！

像镇压我的生命的墓石一般的！

——阿赫玛托娃

之一

一只淡黄色的佛手，其实是一个奇怪样子的拳头，有许多根手指卷曲着，好像有什么东西握在掌心里。

她拿起来嗅一嗅，轻轻说：“多么香呀！”

我也拿起来嗅了一嗅，不经意却有同感地说：“真是香哩。”

我忽然懊悔我所说的话有些唐突，因为这只佛手原是刚从她的手里放下，并且是刚被她嗅过的。

“真是香哩”，但不知道能不能代替或等于我也嗅过了她的手和她的气息那般的？

之二

到了春天，小孩子和女人们的脸上，常常容易生起一种轻微的，发白色的癣，在我小的时候也生过。记得大人们说，不碍事，这叫“桃花癣”。我觉得这个癣的名字很美丽，一方面似乎说明了这种癣的季候性，一方面也在象征着她的美丽：桃花很容易谢，桃花也很够美丽。

我们正提着这癣的名字，有一个女孩子很坦白地怀疑起她自己说：“我脸上好像就有一块，一小块，不大看得出来吧？”

她不说，不会有人注意；即使注意，也很不容易一眼便发现出来。

“让我看！”

刚要走近她一步，她马上把一只手，连着腕子都遮盖到脸上，脸已经完全变得绯红，她怕人真的逼近了她，盯着要看她的脸。

这一刹那，她是真实地，无法掩藏地露出“羞花”之貌了。

之三

一个我不认识的，也并不好看的女人，她独自立在庙堂的门口，垂着两只手，把肩臂无可奈何地倚在门边，门是很古旧的了，门框上还有许多没有糊过纸的小方格子。

我一眼瞥见了她的眸子里含着一种光辉。

她好像在瞩望着什么：庙堂里很幽暗，而神龛的那边更是黑沉沉的。

她在祈祷吗？虽然她没有跪下，也不膜拜，可是从她的眼睛里我瞥见了虔诚，她的眼睛已经使周围发了光：她顿时变成了一个美丽的人。

一个有了信心的人，是比那些有着容貌的更可爱，更高贵的。

我怀恋着那些女人：虽然我不认识，也从来不曾见过一面的女人，她们知道神，默对着神，含着纯洁的泪珠，以自己唯一的虔诚的流露，奉献给神，为怀念着那些失去了的或是希冀着“他”还会归来的爱的慰抚！

初恋

◎ 王统照

云朋是我们的同人中一个最善于谈话的，不仅是他的口齿有特别宜于密谈的声调，而且因为他谈到一切事上，都令人思念不置，但是他的谈兴向来是很短促的。

一天我同了一位女友，还有他到翠微峰上去逛。晴明的秋日，半山腰中有三五棵绛红的枫树点染着，令人感到冥漠的秋之悲感！翠微峰的后山涧旁的碎石上，长满了层层嫩绿的苔藓，我们由城中出来，并不觉疲乏，坐在石上听细流潺湲，各人都不说话。那位女友，将裙子提起，弯身在水面上洗手巾，正在洗的时间中，她不知想起些什么，手里松了一松，恰好上流被急水冲下一块五色鹅卵石来，唰的一响，就将她那条白底碧花的丝巾随了下流的水，漂了下去。她惊诧了一声，只看着它从碎石砌成的水径斜流下峡谷中去。

我也来不及去为她取回，便道：“这条不舍昼夜的细流，每每地诱人来听，这回却将丝巾来引诱去了……可惜！”她不言语，只惘惘地起立，又复坐下！

云朋似乎如没有看见一般的慢吞吞地道：

“去了倒好，永久留下个念想还不好吗？”

那位女朋友向来是有种特别性质的，凡是她用的物件，与她日日作为伴侣的物件，譬如一支铅笔，头发上的一只压发，领扣的结子，若偶然丢失了，她便闷闷不乐，现在见云朋如无事人一般地说这种不关痛痒的话，便冷冷地笑了一声，然而目注着急迅下流的水，却几乎没有滴出泪来。

云朋便继续道：“这类事正是多呢，一不注意，便永逝而不返了，只留下旧日的回想，虽是悲伤有在心头——自然是女生特别所赋有的——而可以时时将此趣味提起，使得她能有永久精神上的系念！世间的事，哪桩曾是永驻的，哪一事不是常常从我们温暖的心房中，难以防备地便破壁飞去。但只求得去后的心房尚留存下温热的不尽之感，这便是无量的幸福了！不然，果使你的心房常常被快乐所充满，你永不会尝到由悲哀的丝中，发出来的异味。……”

我那位善于感动的女友，这回把以前的怅惘，已似减轻了些，便低着头道：“云朋先生说话也未免过于高超，究竟谁是愿意这样的。第一次的经验常常留下不可磨灭的印迹，譬如这条丝巾，我并不特别地痛爱它，只是从三年前一位友人远远地送与我，忽然失去，焉得不……”她说时一边用手在水中弄着石子。

云朋很高兴地立了起来道：“可又来，第一次的经验的留痕，若不是将做成经验的东西失掉，你怎么觉得出伤感来？”

我这时越听云朋说得奇妙，却越发糊涂了，便插上一句：“你这些话成了哲学上的抽象论了，我简直不懂，请你举出一个最显明的例子来。”

云朋绝不迟疑地向我笑了一笑，却走到那面的矮松中高声道：“例子吗？你知道的，例如回思过去的‘初恋’。”他便掉过头去看山缺处半落的夕阳，不再言语。

她骤然将手由水中抬起，看了我一眼，我便低下头去。

一时只有时缓时急，流在石径中的水声，如戛玉般地鸣着。

辑六

蝉翼上的闪影化成不朽的刹那

光影虽是暂时的存在，

但是有不是无，是实在不是空虚，

一闪一现的回忆中，过往烟尘堆成了自己。

初到世间的慨叹

◎ 李叔同

在清朝光绪年间，天津河东有一个地藏庵，庵前有一户人家。这是一座四进四出的进士宅邸，它的主人是一位官商，名字叫李世珍。曾是同治年间的进士，官任吏部主事，也因乎此使李家在当地的声名更加显赫了。但是，他为官不久，便辞官返乡了，开始经商。在晚年的时候，他虔诚拜佛，为人宽厚，乐善好施，被人称为“李善人”。而这就是我的父亲。

我是光绪六年（1880 年），在这个平和良善的家庭中出生的。生我时，我的母亲只有二十岁，而我父亲已近六十八岁了。这是因为我是父亲的小妾生的，也正是如此，虽然父亲很疼爱我，但是在那时的官宦人家，妾的地位很卑微，我作为庶子，身份也就无法与我的同父异母的哥哥相比。从小就感受到这种不公平待遇给我带来的压抑感，然而只能是忍受着，也许这就为我今后出家埋下了伏笔。

在我五岁那年，父亲因病去世了。没有了父亲的庇护，我与母亲的处境很是困难，看着母亲一天到晚低眉顺眼、谨小慎微地度日，我的内心感到很难受，也使我产生了自卑的倾向。我养成了沉默寡言的内向性格，终日里与书做伴，与画为伍。只有在书画的世界里，我才能找到快乐和自由！

听我母亲后来跟我讲：在我降生的时候，有一只喜鹊叼着一根橄榄枝放在了产房的窗上，所有人都认为这是佛赐祥瑞。而我后来也一直将这根橄榄枝带在身边，并时常对着它祈祷。由于我的父亲对佛教的诚信，我在很小的时候，就有机会接触到佛教经典，受到佛法的熏陶。我小时候刚开始识字，就跟着我的大娘，也就是我父亲的妻子，学习念诵《大悲咒》和《往生咒》。而我的嫂子也经常教我背诵《心经》和《金刚经》等。虽然那时我根本就不明白这些佛经的含义，也无从知晓它们的教理，但是我很喜欢念经时那种空灵的感受。也只有在这时我能感受到平等和安详！而我想这也许成为我今后出家的引路标。

我小时候，大约是六七岁的样子，就跟着我的哥哥文熙开始读书识字，并学习各种待人接物的礼仪，那时我哥哥已经二十岁了。由于我们家是书香门第，又是当地数一数二的官商世家，所以一直就沿袭着严格的教育理念。因此，我哥哥对我方方面面的功课，都督教得异常严格，稍有错误必加以严惩。我自小就在这样严厉的环境中长大，这使我从小就没有了小孩子应有的天真活泼，也疑我的天性也遭到了压抑而导致有些扭曲。但是有一点不得不承认，那就是这种严格施教，对于我后来所养成的严谨认真的学习习惯和生活作风是起了决定作用的，而我后来的一切成就几乎都是得益于此，也由此我真心地感激我的哥哥。

当我长到八九岁时，就拜在常云政先生门下，成为他的入室弟子，开始攻读各种经史子集，并开始学习书法、金石等技艺。在我十三岁那年，天津的名士赵幼梅先生和唐静岩先生开始教我填词和书法，使我在诗词书画方面得到了很大的提高，功力也较以前深厚了。为了考取功名，我对八股文下了很大的功夫，也因此得以在天津县学加以训练。在我十六岁的时候，我有了自己的思想，因过去所受的压抑而造成的“反叛”倾向也开始抬头了。我开始对过去刻苦学习是为了报国济世的思想不那么热衷了，却对文艺产生了浓厚的兴趣，尤其是戏曲，也因此成了一个不折不扣的票友。在此期间，我结识过一个叫杨翠喜的艺人，我经常去听她唱戏，并送她回家，只可惜后来她被官家包养，之后又嫁给一个商人做了妾。

由此后我也有些惆怅，而那时我哥哥已经是天津一位有名的中医大师了，但是有一点我很不喜欢，就是他为人比较势利，攀权倚贵，嫌贫爱富。我曾经把我的看法向他说起，他不接受，并指责我有辱祖训，不务正业。无法，我只有与其背道而驰了，从行动上表示我的不满，对贫贱低微的人我礼敬有加，对富贵高傲的人我不理不睬；对小动物我关怀备至，对人我却不冷不热。在别人眼里我成了一个怪人，不可理喻，不过对此我倒是无所谓的。这可能是我日后看破红尘出家为僧的决定因素！

刹那

◎ 朱自清

我所谓“刹那”，指“极短的现在”而言。

在这个题目下面，我想略略说明我对于人生的态度，现在人说到人生，总要谈它的意义与价值；我觉得这种“谈”是没有意义与价值的，且看古今多少哲人，他们对于人生，都曾试作解人，议论纷纷，莫衷一是；他们“各思以其道易天下”，但是谁肯真个信从呢？——他们只有自慰自驱罢了！我觉得人生的意义与价值横竖是寻不着的；——至少现在的我们是如此——而求生的意志却是人人都有的。既然求生，当然要求好好的生。如何求好好的生，是我们各人“眼前的”最大的问题；而全人生的意义与价值却反是大而无当的东西，尽可搁在一旁，存而不论。因为要求好好的生，断不能用总解决的办法；若用总解决的办法，便是“好好的”三个字的意义，也尽够你一生的研究了，而“好好的生”终于不能努力去求的！这不是走入牛角湾里去了吗？要求好好的生，须零碎解决，须随时随地去体会我生“相当的”意义与价值；我们所要体会的是刹那间的人生，不是上下古今东西南北的全人生！

着眼于全人生的人，往往忘记了他自己现在的生活。他们或以为人生的意义与价值在于过去；时时回顾着从前的黄金时代，涎垂三尺！而不知他们所回顾的黄金时代，实是传说的黄金时代！——就是真有黄金时代；区区的回顾又岂能将它招回来呢？他们又因为念旧的情怀，往往将自己的过去任情扩大，加以点染，作为回顾的资料，惆怅的因由。这种人将在惆怅，惋惜之中度了一生，永没有满足的现在——一刹那也没有！惆怅惋惜常与彷徨相伴；他们将彷徨一生而无一刹那的成功的安息！这是何等的空虚呀。着眼于全人生的，或以为人生的意义与价值在于将来；时时等待着将来的奇迹，而将来的奇迹真成了奇迹，永不降临于笼着手，踮着脚，伸着颈，只知道“等待”的人！他们事事都等待“明天”去做，“今天”却专作为等待之用；自然的，到了明天，又须等待明天的明天了。这种人到了死的一日，将还留着许许多多明天“要”做的事——只好来生再做了吧！他们以将来自驱，在徒然的盼望里送了一生，成功的安慰不用说是没有的，于是也没有满足的一刹那！“虚空的虚空”便是他们的运命了！这两种人的毛病，都在远离了现在——尤其是眼前的一刹那。

着眼于现在的人未尝没有。自古所谓“及时行乐”，正是此种。但重在行乐，容易流于纵欲；结果偏向一端，仍不能得着健全的，谐和的发展——仍不能得着好好的生！况且所谓“及时行乐”，往往“醉翁之意不在酒”；不过借此掩盖悲哀，并非真正在行乐。杨恽说，“及时行乐耳;须富贵何时！”明明是不得志时的牢骚语。“遇饮酒时须饮酒，得高歌处且高歌”，明明是哀时事不可为而厌世的话。这都是消极的！消极的行乐，虽属及时，而意别有所寄；所以便不能认真做去，所以便不能体会行乐的一刹那的意义与价值——虽然行乐，不满足还是依然，甚至变本加厉呢！欧洲的颓废派，自荒于酒色，以求得刹那间官能的享乐为满足；在这些时候，他们见着美丽的幻象，认识了自己。他们的官能虽较从前人敏锐多多，但心情与纵欲的及时行乐的人正是大同小异，他们觉到现世的苦痛，已至忍无可忍的时候，才用颓废的方法，以求暂时的遗忘；正如糖面金鸡纳霜丸一般，面子上一点甜，里面却到心都是苦呀！友人某君说，颓废便是慢性的自杀，实能道出这一派的精微处，总之，无论行乐派，颓废派，深浅虽有不同，却都是“伤心人别有怀抱”；他们有意的或无意的企图“生之毁灭”。这是求生意志的消极的表现；这种表现当然不能算是好好的生了。他们面前的满足安慰他们的力量，绝不抵他们背后的不满足压迫他们的力量；他们终于不能解脱自己，仅足使自己沉沦得更深而已！他们所认识的自己，只是被苦痛压得变形了的，虚空的自己；绝不是充实的生命，绝不是的！所以他们虽着眼于现在，而实未体会现在一刹那的生活的真味；他们不曾体会着一刹那的意义与价值，仍只是白辜负他们的刹那的现在！

我们目下第一不可离开现在，第二还应执着现在。我们应该深入现在的里面，用两只手揿牢它，愈牢愈好！已往的人生如何的美好，或如何的乏味而可憎；已往的我生如何的可珍惜，或如何的可厌弃，“现在”都可不必去管它，因为过去的已“过去”了。——孔子岂不说“往者不可谏”吗？将来的人生与我生，也应作如是观；无论是有望，是无望，是绝望，都还是未来的事，何必空空地操心呢？要晓得“现在”是最容易明白的；“现在”虽不是最好，却是最可努力的地方，就是我们最能管的地方。因为是最能管的，所以是最可爱的。古尔孟曾以葡萄喻人生：说早晨还酸，傍晚又太熟了，最可口的是正午时摘下的。这正午的一刹那，是最可爱的一刹那，便是现在。事情已过，追想是无用的；事情未来，预想也是无用的；只有在事情正来的时候，我们可以把捉它，发展它，改正它，补充它：使它健全，谐和，成为完满的一段落，一历程。历程的满足，给我们相当的欢喜。譬如我来此演讲，在讲的一刹那，我只专心致志地讲；绝不想及演讲以前吃饭，看书等事，也不想及演讲以后发表讲稿，毁誉等事。——我说我所爱说的，说一句是一句，都是我心里的话。我说完一句时，心里便轻松了一些，这就是相当的快乐了。这种历程的满足，便是我所谓“我生相当的意义与价值”，便是“我们所能体会的刹那间的人生”。无论您对于全人生有如何的见解，这刹那间的意义与价值总是不可埋没的，您若说人生如电光泡影，则刹那便是光的一闪，影的一现。这光影虽是暂时的存在，但是有不是无，是实在不是空虚；这一闪一现便是实现，也便是发展——也便是历程的满足。您若说人生是不朽的，刹那的生当然也是不朽的。您若说人生向着死之路，那么，未死前的一刹那总是生，总值得好好地体会一番的；何况未死前还有无量数的刹那呢？您若说人生是无限的，好，刹那也可说是无限的，无论怎样说，刹那总是有的，总是真的；刹那间好好的生总可以体会的。好了，不要思前想后的了，耽误了“现在”，又是后来惋惜的资料，向谁去追索呀？你们“正在”做什么，就尽力做什么吧；最好的是 -ing，可宝贵的 -ing 呀！你们要努力满足“此时此地此我”！——这叫作“三此”，又叫作刹那。

言尽于此，相信我的，不要再想，赶快去做你今晚的事吧；不相信的，也不要再想，赶快去做你今晚的事吧！

听雨

◎ 季羡林

（一）

从一大早就下起雨来。下雨，本来不是什么稀罕事儿，但这是春雨，俗话说：“春雨贵如油。”而且又在罕见的大旱之中，其珍贵就可想而知了。

“润物细无声”，春雨本来是声音极小极小的，小到了“无”的程度。但是，我现在坐在隔成了一间小房子的阳台上，顶上有块大铁皮。楼上滴下来的檐溜就打在这铁皮上，打出声音来，于是就不“细无声”了。按常理说，我坐在那里，同一种死文字拼命，本来应该需要极静极静的环境，极静极静的心情，才能安下心来，进入角色，来解读这天书般的玩意儿。这种雨敲铁皮的声音应该是极为讨厌的，是必欲去之而后快的。

然而，事实却正相反。我静静地坐在那里，听到头顶上的雨滴声，此时有声胜无声，我心里感到无量的喜悦，仿佛饮了仙露，吸了醍醐，大有飘飘欲仙之概了。这声音时慢时急，时高时低，时响时沉，时断时续，有时如金声玉振，有时如黄钟大吕，有时如大珠小珠落玉盘，有时如红珊白瑚沉海里，有时如弹素琴，有时如舞霹雳，有时如百鸟争鸣，有时如兔落鹘起，我浮想联翩，不能自已，心花怒放，风生笔底。死文字仿佛活了起来，我也仿佛又溢满了青春活力。 我平生很少有这样的精神境界，更难为外人道也。

在中国，听雨本来是雅人的事。我虽然自认还不是完全的俗人，但能否就算是雅人，却还很难说。我大概是介乎雅俗之间的一种动物吧。中国古代诗词中，关于听雨的作品是颇有一些的。顺便说上一句：外国诗词中似乎少见。我的朋友章用回忆表弟的诗中有："频梦春池添秀句，每闻夜雨忆联床。"是颇有一点诗意的。连《红楼梦》中的林妹妹都喜欢李义山的"留得残荷听雨声"之句。最有名的一首听雨的词当然是宋蒋捷的《虞美人》，词不长，我索性抄它一下：

少年听雨歌楼上，

红烛昏罗帐。
壮年听雨客舟中，
江阔云低，断雁叫西风。

而今听雨僧庐下，
鬓已星星也。
悲欢离合总无情，
一任阶前，点滴到天明。

蒋捷听雨时的心情，是颇为复杂的。他是用听雨这一件事来概括自己的一生的，从少年、壮年一直到老年，达到了“悲欢离合总无情”的境界。但是，古今对老的概念，有相当大的悬殊。他是“鬓已星星也”，有一些白发，看来最老也不过五十岁左右。用今天的眼光看，他不过是介乎中老之间，用我自己比起来，我已经到了望九之年，鬓边早已不是“星星也”，顶上已是“童山濯濯”了。要讲达到“悲欢离合总无情”的境界，我比他有资格。我已经能够“纵浪大化中，不喜亦不惧”了。

可我为什么今天听雨竟也兴高采烈呢？ 这里面并没有多少雅味，我在这里完全是一个“俗人”。我想到的主要是麦子，是那辽阔原野上的青春的麦苗。 我生在乡下，虽然六岁就离开，谈不上干什么农活，但是我拾过麦子，捡过豆子，割过青草，劈过高粱叶。我血管里流的是农民的血，一直到今天垂暮之年，毕生对农民和农村怀着深厚的感情。农民最高希望是多打粮食。天一旱，就威胁着庄稼的生长。即使我长期住在城里，下雨一少，我就望云霓，自谓焦急之情，绝不下于农民。北方春天，十年九旱。今年似乎又旱得邪行。我天天听天气预报，时时观察天上的云气。忧心如焚，徒唤奈何，在梦中也看到的是细雨濛濛。

今天早晨，我的梦竟实现了。我坐在这长宽不过几尺的阳台上，听到头顶上的雨声，不禁神驰千里，心旷神怡。在大大小小高高低低，有的方正、有的歪斜的麦田里，每一个叶片都仿佛张开了小嘴，尽情地吮吸着甜甜的雨滴，有如天降甘露，本来有点黄萎的，现在变青了。本来是青的，现在更青了。宇宙间凭空添了一片温馨，一片祥和。

我的心又收了回来，收回到了燕园，收回到了我楼旁的小山上，收回到了门前的荷塘内。我最爱的二月兰正在开着花。它们拼命从泥土中挣扎出来，顶住了干旱，无可奈何地开出了红色的、白色的小花，颜色如故，而鲜亮无踪，看了给人以孤苦伶仃的感觉。在荷塘中，冬眠刚醒的荷花，正准备力量向水面冲击。水当然是不缺的。但是，细雨滴在水面上，画成了一个个的小圆圈，方逝方生，方生方逝。这本来是人类中的诗人所欣赏的东西，小荷花看了也高兴起来，劲头更大了，肯定会很快地钻出水面。

我的心又收近了一层，收到了这个阳台上，收到了自己的腔子里，头顶上叮当如故，我的心情怡悦有加。但我时时担心，它会突然停下来。我潜心默祷，祝愿雨声长久响下去，响下去，永远也不停。

（二）

我大概对雨声情有独钟，我曾写过一篇《听雨》，现在又写《听雨》。

从凌晨起，外面就下起小雨来。我本来有几张桌子，供我写作之用；我却偏偏选了阳台上铁皮封顶下的一张。雨滴和檐溜敲在上面，叮当作响。小保姆劝我到屋里面另一张临窗的大桌旁去写作，说是那里安静。焉知我觉得在阳台上，在雨声中更安静。王籍诗曰“鸟鸣山更幽”，有人以为奇怪：鸟不鸣不是比鸣更为幽静吗？山中这样的经验我没有，雨中这样的经验我却是有的。我觉得“雨响室更幽”，眼前就是这样。

我伏在桌旁，奋笔疾书，上面铁皮上雨点和檐溜敲打得叮叮当当，宛如白居易《琵琶行》的琵琶声，“大珠小珠落玉盘”，其声清越，缓急有节，敲打不停，似有间歇。其声不像贝多芬的音乐，不像肖邦的音乐，不像莫扎特的音乐，不像任何大音乐家的音乐；然而谛听起来，却真又像贝多芬，像肖邦，像莫扎特。我听而乐之，心旷神怡，心灵中特别幽静，文思如泉水涌起，深深地享受着写作的情趣。

悠然抬头，看到窗外，浓绿一片，雨丝像玉帘一般，在这一片浓绿中画上了线。新荷初露田田叶，垂柳摇曳丝丝烟，几疑置身非人间。

我当然会想到小山上我那些野草闲花的植物朋友们，它们当然也绝不会轻易放过这样的天赐良机；尽量张大了嘴，吮吸这些从天上滴下来的甘露，为来日抵抗炎阳做好准备。

我头顶上滴声未息，而阳台上幽静有加，我仿佛离开了嘈杂的尘寰，与天地万物合为一体。

失物

◎ 陆蠡

近来，我失去一件心爱的东西。

幼年的时候，一个小小的纸匣里藏着我最爱的物件——一块红玉般的石子，一只自己手制的磁假山……我时常想，假如房子起火延烧起来，不用踌躇的，第一，我便捧着这匣子跑。但是房子终没有失慎，我没有机会表示我对于那几样物件的心爱。

年来已不再那样的孩子气。但心头的顽固终未祛除。心中念念不忘的是过去生活的遗骸，心中恋恋不舍的是曾被过去的生命赋予一息的遗物。

啊，七八年间绿色的生命，这小小的信物便是他的证人。不是粉红色却是檀香般高贵的爱，没有存着将来应用的心，纯是为了爱好，对于知识的追求和努力……一切，如初夏的早晨一样地新鲜。

现在我时常感到空虚，往昔回忆的精灵在我的面前时隐时现，却又拢不住它，回忆的蝉翼是太薄且轻了。

正如扶乩者的桃枝，正如巫者的魔杖，我便凭着我小小的宝贵的信物，将散失的影像召集拢来，啊，数不清的腮边的吻，数不清的江上的渔火，数不清的山林落叶的声音……一切的回忆向我点头，使我浑然忘了自己。

现在，魔杖遗失了。可怜的巫者已无法召回往昔的精灵，只长望着无垠的天空唏嘘而已。

静

◎ 邹韬奋

我们试冷眼观察国内外有学问的人，有担任大事业魄力的人，和富有经验的人，富有修养的人，总有一个共同的德性，便是“静”。我们试细心体会，可以看出一个人的学问、魄力、经验、修养等的程度，往往和他们所有的“静”的程度成正比例。

静的精神之表现于外者，当然以态度言词最为显著。我们只要看见气盛而色浮，便见所得之浅；邃养之人，安详沉静，我们只要见他面色不浮，眼光不乱，便知道他胸中静定，非久养不能。

我们试看善于演说，或者演说有经验的人，他的态度非常沉静安定，立在演台上的时候，身体并不十分摇动，就是手势略有动作，也是很自然的。唯其态度能如此之安定自然，所以听众也感觉得精神安定，聚其注意于他的言辞。初学演说或演说毫无经验的人，往往以为在演台上要活泼，于是摇手动脚，甚至于跑来跑去，使听众的眼光分散，注意难于集中，真所谓“弄巧成拙”。

做领袖的人，静的精神之表现于态度者尤为重要，遇着重要事故或意外事故时，常人先要惊慌纷乱，举止失措，做领袖的便要绝对的镇定，方可镇定人心，不至火上浇油，越弄越糟。

不必说什么机关的领袖，就是做任何会议的一时主席，也须要具有“静”的精神的人上去，才能胜任愉快。

“静”的精神之可贵，不但关系外表，脑子要冷静，然后思想才能够明澈缜密。有了这种冷静的脑子，用来研究学问，才不至受古人所愚，才不至受今人所欺，一以理智为分析判断之准绳；有了这种冷静的脑子，用来应事应人，才能应付得当，不受欺蒙；有了这种冷静的脑子，用来立身处世，才能不为外撼，不为物移，才能不至一人誉之而喜，一人毁之而忧，才做得到得意时不放肆，失意时不烦恼，因为有了这种冷静的脑子，胸中有主，然后不为外移。

昔贤吕心吾先生曾经说过：“君子处事，主之以镇静有主之心。”又说：“干天下大事，非气不济，然气欲藏不欲露，欲抑不欲扬，掀天揭地事业，不动声色，不惊耳目，做得停停妥妥，此为第一妙手。”这几句话很可以说出静的妙用来。

但是我们所主张的“静”是积极的，不是消极的；是要向前做的，不是袖手好闲的。例如比足球的时候，守门的人多么手敏眼快，但是心里是要十分冷静的，苟一心慌意乱，敌方的球到眼前还要帮助敌方挥进自己的门里去！我们是要以静为动之母，不是不动。关于这一点，吕心吾先生还有几句很可以使我们受用的话，我现在就引来做本文的结束：“处天下事只消得安详二字，虽兵贵神速，也须从此二字做去。然安详非迟缓之谓也，从容详审，养奋发于凝定之中耳。是故不闲则不忙，不逸则不劳。若先怠缓，则后必急遽，是事之殃也，十行九悔，岂得谓之安详？”

聆听蛙鸣

◎ 赵丰

信手翻书，无意间就看到与蛙有关的文字："稻花香里说丰年，听取蛙声一片。"这是辛弃疾的《西江月》。感觉里，就像回到了乡下的岁月。

春天的时候，我见到的是蝌蚪。黑黑的身子，在水里傻乎乎地摇摆。那时，我无法把它和青蛙联系起来。以至于，后来有人告诉我青蛙是蝌蚪变的，我还半信半疑。

稻麦扬花的季节，一场透雨过后，曲峪河的蛙声此起彼伏。

最早的蛙声，是从童年的记忆中飘逝过来。它是我生命中的第一声蛙。在懵懂的童年思维中，蛙声留下一种美妙的旋律。

少年的夏天特别安静，宛若心灵里寂静的花园。现在，稍一静心，仿佛听到蛙在心灵的某个角落鸣叫。那是庞光镇西边稻田里的一个水潭。那洼水面安置在稻田中央，水面浮着好看的花，配衬着绿叶，几只蜻蜓，敞开翅膀，在花叶上叼食阳光的影子。忽然，水面下起了蛙声，起初是一声，其后是相连的数声，再后来形成偌大的一片。花和叶，有节奏地颤动，遮掩了间隙的水面。风也匆匆赶来，池塘的阳光就拼命地摇荡。

那会儿，我坐在水潭边的柳树下，树荫罩着我。一只青蛙跳上了岸，那家伙碧绿的身体上布满了墨绿色的斑点，白白的大肚子像是充了气，一鼓一鼓，圆鼓鼓的眼闪着晶莹的光。我俯下身子想捉住它，回去用水养起来，它却做了一个跳跃的姿势潜入水潭，水面上荡漾起一圈涟漪。那个瞬间，失落的情绪随着涟漪在我的身心旋转。

这种对景物的感觉，是从童年的思维中绵延流淌的。这种感知凝聚成一幅画面，让童年的我进入了一种无序的生命状态。法国生命哲学家柏格森认为，宇宙的本质不是物质，而是一种“生命之流”，即一种盲目的、非理性的、永动不息的而又不知疲倦的生命冲动，它永不间歇的冲动变化，故又称“绵延”。那一刻，我匍匐在池塘边，一颗童心进入绵延的生命之流。

那幅画面，后来就在我生命的长河中挥之不去。人的一生，积存着诸多烦恼、孤独和沙漠般的空旷，影响着生命的进程，动摇着某种执着的追求，以及信念。我躺在某个角落，尽力排除外部环境的干扰，任思维自然流淌。我此刻的状态，完全进入了精神的载体，迈着舞蹈家般轻盈的步子穿过庸俗的人海，走向纯精神的目的地。不经意间，童年那幅画面就从心海泛过，蜻蜓、蛙声、清风、阳光，还有间隙的水面，这些都在慰藉着结满伤疤的心灵，呼唤继续前行的意识。闭上眼，让肢体舒展开，摆成青蛙仰面的姿态，脑海里此起彼伏的蛙声激荡开来。

蛙节奏鲜明的叫声，似乎在鼓励我“走啊——走啊——”。

许多的岁月逝去了，我依然在用生命的忠诚，守护着童年那个珍贵的细节。

生命的运行中，我常常会感到空寂。瞬间，一只青蛙就神出鬼没与我对视，安慰着我的灵魂。

对我来说，二十岁是一个敏感的话题。理想和现实冲突着，我无法从生命的迷茫中突围。高中毕业了，那时推荐上大学，轮不上我，就只有下地干活。我身材瘦小，不堪忍受那近乎原始的田间劳动方式，疲惫的躯体，在田野拉下逃亡般扭曲的影子。我陷在自然环境的泥淖里，听不到任何救援的声音。而且，我痴心的女友随意地向我关闭了情感的闸门，似挥去一抹轻烟般若无其事。

忽然，想起童年里稻田里池塘的蛙声。一个麦收之后的傍晚，我去镇子西边寻找那面水潭。奇怪，它莫名其妙地失踪了。不甘心的我循着一条小溪毫无目的地行走，蜿蜒的河水把我的双足牵引至下游——我完全是无意识地跟随着水流行走，不知道它要引我走向哪儿。

那路程很漫长，仿佛我二十年中走过最长的一段。我绕过一个村庄，两片竹林，三座小桥，走着走着，我就面临着环绕着树木、草丛、沙堆的一面水潭。这是曲峪河下游的一个拐弯处，河水在这里淤积静止。我确信，水潭里潜伏着无数只青蛙，它应该有心灵感应。果然，在风的召唤下，水潭里的蛙声响起来，热烈、雄壮。

依然是童年稻田中央水潭里蛙的那种叫声：走啊——走啊——

在蛙声的鼓动下，树上的蝉也呐喊起来，许多小鱼儿跃出潭面，击破了水的宁静。片片鱼肚白似生命的音符，滑翔过我青春的天宇。

我又一次聆听了激越的蛙声。相比童年里的记忆，它成熟了许多，壮怀激烈，仿佛青春和生命的鼓点，添加了丰富的生命含义。

我脱光衣服，纵身跃入潭水。身体和水面相接的霎间，我听到一声巨响，与此同时，蛙鸣和蝉叫一起沉寂，水中的鱼儿惊慌失措。

也就是那个傍晚，壮怀激烈的蛙声给了我解读生命方式的启迪：走啊——走啊——

二十岁那年的蛙声，渐渐就成为我生命的支点。

再后来，我走进城市，迷失了蛙声。但这种迷失只是客观的，而在属于主观的精神状态里，我常常感受到蛙声。一个夏日的梦中，蛙鼓着眼，瞪我，从我的面前爬过。忽然，它停下来，回过头，鼓鼓的目光带着某种期盼，我知道，它在为我做着某种心灵的暗示。

梦中醒来，我第一个念想就是出城听蛙。

那个下午，我在秦渡镇东边的沣惠渠边找到了目标。那是很大一片被淘沙者遗留的坑，荒草、芦苇和沙堆将这些坑隔离开，排列着无数的垂钓者。两手空空的我，躺在沙堆的高处，虔诚地等待蛙声。

傍晚，垂钓者相继撤离，我依然在坚守。我确信，芦苇、荒草与水的接连处一定藏着许多绿色的蛙。无数的岁月已经磨砺了一种意志与毅力，我有足够的耐心迎接蛙声在生命中的再现。

在月光的迷离中，我期待的蛙的合唱终于出现了，宛若为我精心准备的演唱会，此起彼伏，浑然天成。静心，有一只蛙在距我一米远的草丛中鸣唱，叫声执着，悠长，是我灵魂中苦苦坚守着的一种旋律。我怀疑它是我少年时跳进庞光镇西边稻田里那个水潭中的那只蛙，尾随着我的生命运行，一直到现在。

蛙声的合奏几分钟后戛然而止，只留下我身边的那只蛙的独唱。它一声一声地缓慢了节奏，浸漫着悲壮，仿佛为我的生命送行。等到那只蛙静息时，月亮已升至中空。水面晶莹地映出我的心灵，宛若一只绿蛙的色彩和形状。

聆听蛙声，成为我夏天里珍贵的生命细节。远离了乡村，我才渐渐悟出：蛙声不仅关乎农事，关乎民情，也关乎心情。辛弃疾的词将“丰年”与“蛙声”衔接在一起，正是映射出农人的情感。在农人的喜悦里，我一次次走出居住的小城，寻找一条河流，或者一片池塘，聆听蛙声。壮怀激烈的蛙声，让我捕捉到生命的本质。它们让我懂得，生命不是沉沦。

蛙的叫声，内含着一种铿锵的力量以及昂扬的精神。夏日听蛙，对我来说，起初只是生命的迷恋，后来渐渐成为精神的指南。在蛙声里获取生命的解读方式，是我夏日里的收获。

辑七

悲剧点燃了生命的花火

赤子便是不知道孤独的。

赤子孤独了，会创造一个世界，

创造许多心灵的朋友！

山水间的生活

◎ 丰子恺

我家迁住白马湖上后三天，我在火车中遇见一个朋友，对我这样说："山水间虽然清静，但物质的需要不便之外，住家不免寂寞，办学校不免闭门造车，有利亦有弊。"我当时对于这话就起一种感想，后来忙中就忘却了。

现在春晖在山水间已生活了近一年了，我的家庭在山水间已生活了一月多了。我对于山水间的生活，觉得有意义，又想起了火车中的友人的话。写出我的几种感想在下面。

我曾经住过上海，觉得上海住家，邻人都是不相往来，而且敌视的。我也曾做过上海的学校教师，觉得上海的繁华和文明，能使聪明的明白人得到暗示和觉悟，而使悟力薄弱的人收到很恶的影响。我觉得上海虽热闹，实在寂寞，山中虽冷静，实在热闹，不觉得寂寞。就是上海是骚扰的寂寞，山中是清静的热闹。

在火车里的几小时，是在这社会里四五十年的人生的缩图。座位被占，提包被偷等恐慌，就是生活恐慌的缩形。倘嫌山水间的生活的寂寞，而慕都会的热闹，犹之在只乘四五个相熟的人的火车里嫌寂寞，要望别的拥挤着的车子里去。如果有这样的人，他定是要描写拥挤的车子而去观察的小说家，否则是想图利去的 pickpocket（扒手）。

我在教授图画唱歌的时候，觉得以前曾在别处学过图画唱歌的人最难教授，全然没有学过的人容易指导。同样，我觉得在社会里最感到困难的是“因袭的打破难”。许多学校风潮，许多家庭悲剧，许多恶劣的人类分子，都是“因袭的罪恶”，何尝是人间本身的不良。因袭好比遗传，永不断绝。新文化一次输入因袭旧恶的社会里，仿佛注些花露水在粪里，气味更难当。再输入一次，仿佛在这花露水和粪里再注入些香油，又变一种臭气。我觉得无论什么改造，非先除去因袭的恶弊终归越弄越坏。在山水间的学校和家庭，不拘何等孤僻，何等少见闻，何等寂寥，“因袭的传染的隔远”和“改造的容易入手”是实实在在的事实。

我从前往往听见人讲到子弟求学或职业等问题，都说：“总要出上海！”听者带着一种对于将来生活的恐慌的自警的态度默应着。把这等话的心理解剖起来，里面含着这样的几个要素：（一）上海确是文明地，冠盖之区，要路津。（二）少年应当策高足，先据这要路津。（三）这就是吾人应走的前途。所谓闭门造车，也是具有这样的内容的话。怀着这样的思想的人，是因袭的奴隶，是因袭的维持者。

闭门造车，是指说不符合门外的轨道的大小，造了不能在门外的轨道上运行的车。行车一定要在已成的轨道上吗？这已成的轨道确是引导我们走正路的吗？有了车不能造轨道的吗？在这“闭门造车”一句话里，分明表示着人们的依赖、因袭，和创造力多么薄弱。

不造则已，如果要造车，一定非闭门造不可。如果依照已成的轨道而造，所造出的车子和以前已有的车子一样，就在已成的轨道上随波逐流地去了。即使已有的车子是好的，已成的轨道是正的，造车的效力也不过加多了车，不是造车的进步。何况已有的车子或者不好，已成的轨道或者不正呢。

“好久不到都会了，好久不看报了，退步了。”这样说的人也有。实在，进步是前进的意思，进步越快，离社会越远，离社会越远，进步越深（这是厨川白村说的）。子路说道：“吾过矣，吾离群而索居，亦已久矣。”这便是子路所以为子路。

“山水间生活，有利亦有弊”，这大概是指清静、空气新鲜、生活程度低等是利。需要不便、寂寞、闭门造车等是弊。这是要计较两方的利弊长短而取舍的意思。这话的内容和“新思想并不恶、时势变更了不得已而然的。但从前的习惯一概不好，也不能说”的话同是乡愿的话。

这话的变形，就是“凡物都有明暗两方面的”。这话固然不错。但我觉得明暗是一体的。非但如此，明是因为有暗而益明的。仿佛绘画，明调子因暗调子而益美，暗调子因明调子而也美了。断不是明面好，暗面不好。如果取明而弃暗，就是 Ruskin（罗斯金）所谓：“自然像日光和阴影相交一般混合着优劣两种要素，便双方相互地供给效用和势力的。所以除去阴影的画家，定要在他自己造出来的无荫的沙漠里烧死！”

爱一物，是兼爱它的阴暗两方面，否，没有暗的明是不明的，是不可爱的。我往往觉得山水间的生活，因为需要不便而菜根更香，豆腐更肥。因为寂寥而邻人更亲。

且勿论都会的生活与山水间的生活孰优孰劣，孰利孰弊。人生随处皆不满，欲图解脱，唯于艺术中求之。

苦夏

◎ 冯骥才

这一日，终于撂下扇子。来自天上干燥清爽的风，忽吹得我衣角飞举，并从袖口和裤管钻进来，把周身滑溜溜地抚动。我惊讶地看着阳光下依旧夺目的风景，不明白数日前那个酷烈非常的夏天突然到哪里去了。

是我逃遁似的一步跳出了夏天，还是它就像一九七六年的“文革”那样——在一夜之间崩溃？

身居北方的人最大的福分，便是能感受到大自然的四季分明。我特别能理解一位新加坡朋友，每年冬天要到中国北方住上十天半个月，否则会一年里周身不适。好像不经过一次冷处理，他的身体就会发酵。他生在新加坡，祖籍是中国河北。虽然人在“终年都是夏”的新加坡长大，血液里肯定还执着地潜在着大自然四季的节奏。

四季是来自宇宙的最大的拍节。在每一个拍节里，大地的景观便全然变换与更新。四季还赋予地球以诗，故而悟性极强的中国人，在四言绝句中确立的法则是：起，承，转，合。这四个字恰恰就是四季的本质。起始如春，承续似夏，转变若秋，合拢为冬。合在一起，不正是地球生命完整的一轮？为此，天地间一切生命全都依从着这一拍节，无论岁岁枯荣与生死的花草百虫，还是长命百岁的漫漫人生。然而在这生命的四季里，最壮美和最热烈的不是这长长的夏吗？

女人们孩提时的记忆散布在四季；男人们的童年往事大多是在夏天里。这是由于，我们儿时的伴侣总是各种各样的昆虫，像蜻蜓、天牛、蚂蚱、螳螂、蝴蝶、蝉、蚂蚁、蚯蚓，此外还有青蛙和鱼儿。它们都是夏日生活的主角，每个小动物都给我们带来无穷的快乐。甚至我对家人和朋友们记忆最深刻的细节，也都与此有关。比如妹妹一见到壁虎就发出一种特别恐怖的尖叫，比如邻家那个斜眼的男孩子专门残害蜻蜓，比如同班一个最好看的女生头上花形的发卡，总招来蝴蝶落在上边；再比如，父亲睡在铺了凉席的地板上，夜里翻身居然压死了一只蝎子。这不可思议的事使我感到父亲的无比强大。后来父亲挨斗，挨整，写检查，我劝慰和宽解他，怕他自杀，替他写检查——那是我最初写作的内容之一。这时候父亲那种强大感便不复存在。生活中的一切事物，包括夏天的意味全都发生了变化。

在快乐的童年里，根本不会感到蒸笼般夏天的难耐与难熬。唯有在此后艰难的人生里，才体会到苦夏的滋味。快乐把时光缩短，苦难把岁月拉长，一如这长长的仿佛没有尽头的苦夏。但我至今不喜欢谈自己往日的苦楚与磨砺。相反，我却从中领悟到“苦”字的分量。苦，原是生活中的蜜。人生的一切收获都压在这沉甸甸的“苦”字的下边。然而一半的“苦”字下边又是一无所有。你用尽平生的力气，最终所获与初始时的愿望竟然去之千里。你该怎么想?

于是我懂得了这苦夏——它不是无尽头的暑热的折磨，而是我们顶着毒日头默默又坚忍的苦斗的本身。人生的力量全是对手给的，那就是要把对手的压力吸入自己的骨头里。强者之力最主要的是承受力。只有在匪夷所思的承受中才会感到自己属于强者，也许为此，我的写作一大半是在夏季。很多作家包括普希金不都是在爽朗而惬意的秋天里开花结果？我却每每进入炎热的夏季，反而写作力加倍地旺盛。我想，这一定是那些沉重的人生的苦夏，锻造出我这个反常的性格习惯。我太熟悉那种写作久了，汗湿的胳膊粘在书桌玻璃上的美妙无比的感觉。

在维瓦尔第的《四季》中，我常常只听“夏”的一章。它使我激动，胜过春之蓬发，秋之灿烂、冬之静穆。友人说“夏”的一章，极尽华丽之美。我说我从中感受到的，却是夏的苦涩与艰辛，甚至还有一点儿悲壮。友人说，我在这音乐情境里已经放进去太多自己的故事。我点点头，并告诉他我的音乐体验。音乐的最高境界是超越听觉；不只是它给你，更是你给它。

年年夏日，我都会这样体验一次夏的意义，从而激情迸发，心境昂然。一手撑着滚烫的酷暑，一手写下许多文字来。

今年我还发现，这伏夏不是被秋风吹去的，更不是给我们的扇子轰走的——

夏天是被它自己融化掉的。

因为，夏天的最后一刻，总是它酷热的极致。我明白了，它是耗尽自己的一切，才显示出夏的无边的威力。生命的快乐是能量淋漓尽致地发挥。但谁能像它这样，用一种自焚的形式，创造出这火一样辉煌的顶点?

于是，我充满了夏之崇拜！我要一连跨过眼前的辽阔的秋，悠长的冬和遥远的春，再一次邂逅你，我精神的无上境界——苦夏!

痛和善

◎ 叶兆言

我想从自己生活经历中很重要的一件事开始说起，这件事情发生在一九七〇年，我十三岁，那时候刚上初中。

那是一个不用去上学的日子，好像是星期天，老师忽发奇想，把我们一个个都喊到学校去了。去了也没什么事，都扔在操场上玩，在和同学们戏闹的时候，我不幸被一块石头击中了眼睛。这完全是一个偶然事件，祸从天降，谁也没想到过它的后果有多严重。并不是很疼痛，我捂着眼睛跌倒在地上，印象中有一位工宣队师傅走了过来，他草草地看了看情况，说不得了，得赶快送医院，于是我被匆匆送往医院。

进了医院，门诊说是要做手术，就进了手术室。手术时间并不长，当时乱哄哄的，医院里正搞什么“医护工三结合”，医学权威都打扫厕所去了，什么人都敢拿手术刀，我也弄不明白究竟是谁在给我做手术，反正是几个人一边做，一边在讨论应该怎么做，一边还嘻嘻哈哈。然后手术就结束了，因为害怕相互影响，我的双眼都被蒙了起来。

几天以后，医生开始为我打开蒙在眼睛上的纱布，我听见一位女医生叹气说：

“不行，这里还得再补上两针。”

这是一位被打倒的专家，她的语气中充满了遗憾。然后就又去了手术室，再补两针。现在看来这一定是个很严重的医疗事故，但那个时候是“文化大革命”，医院乱得不成样子，根本就没有“医疗事故”这个词。谁都没有顶真，我的母亲在旁边甚至都没有问一声为什么。医生的话总是有道理，他们怎么说，只能怎么做。

当时，我父母都还在干校劳动。我眼睛受伤的消息很快传到了干校，但是在传播的过程中间，出现了一个小小的误差，变成我把别人的眼睛打伤了。一个造反派立刻训斥了我父亲，说这是怎么回事，是不是阶级报复。父亲于是坐着火车赶到南京，愁眉苦脸地赶到医院。一路上，他都在痛苦思索，在想怎么办，该怎么面对别人的家长，怎么跟人赔礼道歉，等到知道是我的眼睛被别人打伤后，父亲深深地松了一口气，他觉得心里一块石头终于落地了。

父亲好像是当天就走了，因为干校就在郊区，他急着要回去向我母亲汇报。第二天我母亲来了，来了也无话可说，事情反正已经发生了，还能怎么样，她陪了我几天，因为我的双眼都被蒙着，无法自己照顾自己。然后就是打开没有受伤眼睛上的纱布，这时候，我因为有一只眼睛已能看见，开始能够自理了，母亲也就立刻离开了，又回到了干校。接下来，我独自一人在医院里住着，到拆线的时候，医生试了试受伤眼睛的视力，已经很模糊了，只能看见手影在动。当时并不明白，我的一只眼睛已瞎了，毕竟还是个孩子，那只好眼睛还能看到东西，也并没有觉得有什么太了不起。

现在回忆这件事情，我并没什么抱怨，因为虽然它对我的人生之路影响非常严重，但是在当时真的是很自然，很简单。我们非常平静地接受了这个现实，没有索赔一分钱，甚至都没有指责过肇事者。老师说，那位同学也不是有意的。这当然不是有意的，像这么巧的碰撞，想有意都不行。

对我来说，那次眼睛意外受伤，只是多米诺骨牌倒下的第一块牌，这以后的一切，接二连三，都好像是注定好了的，虽然我从小就不想当作家，但是在不知不觉中，偶然成全了必然，我七绕八弯，终于成了作家。

最终会走上文学这条路，我至今觉得非常滑稽。我的父亲被打成“右派”以后，他对文学充满了恐惧，所以从小就教育我不要写作，不要当什么作家。父亲觉得我长大以后干什么都可以，能为人民服务就行，但是只有一条路绝对不能走，这就是写小说，不要去耍弄笔杆子。

受家庭影响，我小时候有很多理想，唯一没有想到的就是当作家。我上初中的时候，特别喜欢玩半导体无线电，在高中和当小工人的时候，特别喜欢玩照相。与同时代的同龄人相比，我显然是那种数理化都说得过去的乖孩子，学习成绩好，听父母的话，不调皮捣蛋，从来不和别人打架，从来不欺负人，从来都是被别人欺负。高中毕业以后进工厂当了工人，我自学了高等数学，后来恢复高考，我最想报考的是医学院。

当时遇到的一个最现实问题，是我受过伤的眼睛过不了体检关，这可是一个硬杠杠，体检不合格，一切都是白搭。最后我只好选择文科，文科才不管你是不是已经瞎了一只眼，文科意味着什么人都能干。印象中，一向很讲究的政审已经不重要，家庭出身也不重要，是不是"右派"子弟根本没关系，毕竟"四人帮"粉碎了，就要改革开放了。不过选择文科真不是我的本意，我只是傻乎乎地想上大学，当我收到南京大学中文系的录取通知书时，父亲没有给我一句祝贺，只是感叹了一声：

"没办法，又要弄文了。"

父亲把写作看成了一件非常可怕的事，他的这种观点深深地影响了我。考上大学虽然很高兴，但是学文完全不是初衷，为此我常常感到找不到北，根本就不知道努力时目标在哪里。学文的人必须得有才气，我一直觉得自己最缺乏的就是才气。我丝毫没想到眼睛不好会把我逼到这条路上来，如果不是因为眼睛，我想自己更可能会成为一个科学家，我的性格很内向，不善于和别人打交道，把我扔在实验室里倒是非常合适。我并不在乎干那些单调无聊枯燥的工作，而且我的动手能力也很好，和周围的人相比，我这方面明显地要高出一筹。

考上大学后，我一直是把写作当成一种玩的东西，无论是写小说还是发表小说，我都没有决定要当作家，都没有想到会把写作当作自己的职业。我用到“玩”这个字的时候，一点都不夸张。我只是觉得一个人业余写点东西挺有意思，写作是一种能力，是个人就应该具备这种能力，学文的人更是马虎不得。直到研究生毕业，到出版社做了编辑，写的东西开始多了，我才慢慢地走上了文学不归路。和文学，我是地地道道地先结婚，然后再恋爱。因为写作，我爱上写作；因为写作，我已经不可能再干别的什么事。我现在已经没有办法想象，还有什么能比文学更美好，更能让人入迷，离开了文学，我还能干什么呢。

我们常常会说文学是一种痛，为什么，为什么歌舞升平常常就不是文学？文学与珍珠的形成十分相似，珍珠是河蚌的一种痛造成的，是因为有了伤口，有了不适，文学同样是痛苦的结晶，没有痛在里面，就不可能形成美的文学。世界上好的艺术品，文学、音乐、绘画，都一定要有点痛在里面，要让你难受，要让你痛不欲生，只有这样，才有可能产生一些真正的好东西。好货不便宜，如果轻易就能够得到，如果说来就来，手到擒来，稀里糊涂地就产生了，那真的就不一定是珍珠。

不管真相是不是完全这样，我的眼睛所受到的伤害，它成全了我与文学结缘。就个人的生活而言，这实在是一件很痛的事。一个人的伤痛往往是微不足道的，但是文学真的不能没有痛，不关痛痒是不行的。

文学痛在人心，没有痛，就很可能没有美，不妨以张爱玲小说中的一个痛为例。张的名篇《金锁记》大家一定都熟悉，七巧嫁给了残疾人，早年守寡，后来获得了一大笔钱，但是这钱使这个女人变成了一个恶魔。为了控制自己内向而美丽的女儿，七巧让女儿养成很多坏习惯，包括抽大烟，后来女儿终于遇到了心仪的对象，谈婚论嫁，开始对未来有了美好向往，悄悄把大烟给戒了。一天，那个她爱的男人来找她求婚，可是七巧用一句话，就很轻易地把女儿的一生幸福给毁了。七巧说了什么？她告诉那个男人，说女儿“抽完了大烟就下来”。

为什么一个做母亲的人，要处心积虑地毁掉女儿的幸福？明明女儿已经在戒鸦片了，谁都知道戒鸦片是件很痛苦的事，她作为母亲，不帮女儿掩饰，却还要故意夸大其词？这就是张爱玲的过人之处，她看到了人性中那种无奈的痛，就忍不住要把它写出来。关于张爱玲小说有很多评价，我一直认为这个细节非常有力度，非常华美。写的人心痛，看的人也心痛。痛是一种难以言语的东西，不仅仅是美，也不仅仅是丑，它很揪心，像阴魂不散的鬼魂，像黎明前的雾气，它伴随着我们，让我们忍不住要叹息，忍不住要叫喊。

文学往往就是这样那样的一些痛，而痛中间始终都有善。事实上，只有善才能让我们更容易体会到人生，才能确切地感受到文学中的痛。善根是文学存在的基础，好的文学作品里面不仅要有痛，要有痛的底子，还必须要充满善，一定要有些让人刻骨铭心的东西。我总是情不自禁地就会想到奥地利作家茨威格，想到他的自杀。茨威格或许不能算是一个很伟大的作家，但是他的小说《一个女人一生中的二十四小时》《看不见的收藏》都是非常好的作品。他出生在一个非常有钱的犹太人家庭，根本不需要文学来养活自己，他有点像当年的京剧票友，所以会玩文学，是觉得文学很美，觉得文学很有意思，于是就从事了这项伟大的事业。

我今天要谈的不是茨威格的小说，而是他的最终结局。他是犹太人，希特勒大肆屠杀犹太人的时候，他已逃到了巴西。能幸免于大屠杀，对于任何一个欧洲犹太人来说，都是十分幸运的，都是奇迹，但是茨威格最后还是自杀了，他不愿意苟活，和他的同胞遇难一样，他选择了打开煤气阀门，死于煤气中毒，只是地点不同。

为什么他会选择自杀呢？因为他对当时的人类太绝望，他找不到自己继续活下去的理由。他曾经觉得这个世界会非常美，充满了诗意，然而一个本应该很美的和谐世界，为什么会突然变得如此不堪，如此丑如此恶。茨威格的小说里到处都是美，而这个世界实在太丑陋了，这让他感到太痛，所以他选择了自杀。

我不想评价自杀这件事，我只是想说，一个作家，一个优秀的作家，他必须得有些相当与众不同的东西，必须得有些相当多的与众不同的看法，只有这样，才能够货真价实地感受人间的至痛和至善。

还是把话题回到我受伤的那只眼睛上，多年来，我一直觉得它只是个人的不幸，是命中注定，是生命中必须承受的痛。记忆中，我当时最大的恐惧，不是自己破相了，不是已经瞎了一只眼，而是医生要为我直接往眼球上注射药水，这是治疗的必须，根本就不可能避开躲过。这个真是太恐怖了，医生把装满药水的注射器对我举起来的时候，我常常感觉到了世界末日。我孤零零的一个人，孤零零地在医院，身边甚至没有一个熟人。事前事后都没有人安慰我，我胆战心惊地走向治疗室，因为注射将在这里进行，对于一个孤独的十三岁孩子来说，这真是很糟糕的一件事。

每次注射我都感到自己想吐，很疼，头痛欲裂。每次我都要独自一人在治疗室呆坐半天，医生觉得我很勇敢，护士觉得我很可怜，她们时不时地会表扬我几句。多少年来，我一直不愿意回忆这事，我一直都在试图忘却。然而我第一次觉得它的严重性，却是在二十多年以后，当时是在上海，跟余华和苏童三个人在一个宾馆里聊天，无意中谈起当年。当我说到父亲听说是自己儿子被别人打伤，而不是儿子打伤别人，心里竟然仿佛一块石头落地，余华就在原地跳了起来，说这太恐怖了，这叫什么事呀，怎么会是这样。

今天，当我们以一种近乎控诉的心态回忆、重温“文革”的历史，往往会意气用事，会居高临下，会觉得有很多往事不可理喻，会觉得怎么这样怎么那样。可是事过境迁，心平气和地回想往事，回想到我的眼睛受伤这个事件，似乎还可以找到另外一种答案。对于历史可以有不同的解读，事实上，我太了解父亲的为人，即使不是在“文化大革命”这样的年头，即使不是被打成“右派”，他也仍然不会愿意自己的孩子去伤害别人。

自己的孩子伤害了别人，这是一件非常糟糕的事情，如果一定要他做出选择，我相信他会选择让自己孩子受伤。这显然又与时代没有什么关系了，是不是“文化大革命”并不重要。就好像热爱文学很可能会是我们的天性一样，怕伤害别人也是文学的重要品质。怕伤害别人是什么，说白了，这就是一种善，一种很大的善。善在文学中同样有着非常特殊的地位，文学光有痛还是不行，还必须得有善，要有大善。文学并不是用来复仇的，不只是还债，锱铢必较，睚眦必报，这不是文学。文学可以控诉，但绝不能仅仅是控诉。

我一直认为《在酒楼上》是鲁迅最好的小说，它的情节很简单：小说主人公吕纬甫回老家完成母亲叮嘱的两件事，一是为自己早逝的小兄弟迁坟，老母亲总是对死去的爱子念念不忘；二是为一个小女孩送她想要的剪绒花，这个小女孩曾为了想得到这剪绒花挨过骂，因此老母亲一直把这事放在心上。结尾也很简单，前一件事很顺利地完成了，后一件却无法完成，因为那小女孩听信他人的谎话，以为自己会嫁给一个连偷鸡贼都不如的男人，结果郁郁寡欢，生痨病死了。

一个老母亲对死去的小儿子牵肠挂肚，一个美丽的小女孩被谎言蒙蔽，并因此丢了性命，这些并没有什么实际意义的小事，细细品味，不禁让人扼腕叹息。好的小说就是这样，不要太多，有那么点意思就行了。文学常常不是说什么大道理，有时候就是表现一些非常细腻的小情节，这种东西很小，却很痛，很善，因此也就会显得非常美。

文学往往就是从很小的地方开始思考，我祖父曾反复告诉我，你一定要用心去发现。文学往往不是去考虑这个东西有没有意义，考虑它有没有用，而是去发现一些看似十分平常的东西。你必须要静下心来，要有一双能够发现的眼睛，要有一双会观察的眼睛。要有心，要能敏感地感觉到痛，要能敏感地感觉到善。文学并不是什么了不得的东西，它也许很平常，也许很简单，但是一定要痛，但是一定要善。

编织的午后

◎ 简媜

你送我走下小山坡，我们看着桥下的溪水在雨季之前，轻轻地灰绿着。

路旁几名妇女正在绕绳，她们以乡下人的美德招呼："来捡绳，好用的呢！"许是某家工厂结束营业，整箱地出清，黑的红的黄的，带弹性的尼龙绳，约小指粗，她们绕得好乐，面条儿似的。我不知这种绳子与我的生活有什么联系？看它光鲜鲜地被扔，怪可惜的！也许可以用来搭个小型茑萝架，或编一只网袋……你快乐地向我道再见，加入"绕面条"行列。我走了几步，回头说："这样吧，你寄小杂货店，我回来再拿！"你拂了手："不重不重，我拿回去，小山坡而已！"

绳子是这么来的，一大袋笨重。那个飘小雨的午后，你如何背着它走上小山坡呢？溪水更浊了，珊瑚刺桐的红火烧黑了天，你大约没见到。你的烈性热肠就是不改，给人东西，总是超乎想象的多，又亲自送到门口。

连续几日雨水，处理琐事的空当或片刻安静的辰光里，偶尔推敲绳子的姿态。虽然不很认真，但它却像一条隐形的绳索梭游于我的日夜与餐宿之间。我会给它结论的；像人生情事，一旦起了头，在摆荡的光阴里看似无所归结，其实正缓慢地滑向结局。错乱纠结的绳，必有两头，盘眠的长蛇必有首尾。心思细腻的人会在杯水对饮之中、挥手告别之际、争辩的字句之间，看到最后的归结。

那一日，阳光烈了，顺手晒绳，替它找头绪。懒懒地牵一头绳子在屋内闲逛。地下室有一把不乖的椅子，前任屋主留下的，还不到缺胳臂断腿扔它的地步，可是它的坐板老是诡异地脱臼，吓我一跳。虽然用榔头打一顿，它照样欺负我与客人的臀部，干脆送到地下室管训。一条很乖的废绳，一扣桀骜不驯的木椅，干脆给它们说媒。

午茶时间，你来小坐，共饮一壶清香水。我们从绳子起头，漫无天际地说起一只嘴馋的毛毛虫啃噬你的兰花叶："真贪，吃完一叶再吃另一叶嘛！""毛毛虫懂餐桌礼仪，它叫'人'啦！"我说，继续以红黄二绳交错绕于椅板间，形成对比图案。"姑婆芋跟芋头叶不一样咧！"你说，我说一样，你斩钉截铁硬是说不一样。"好吧！

一个姑婆一个姑丈行了吧！都睡一块儿啦，还不是一样！”我说俏皮话，你嗤嗤地笑起来。

安静的周末小雨，仿佛有人在看不见的空中编织你的白发，我的黑发。我顾着狡辩，没当心绳子在板底翻绉，难怪板面拢不齐。“做人也一样，一步错，步步错！”我懊恼着，只好从头改。你附和我的语义，叙述孤军奋斗的一生，也算见识一些荒腔走板的人，如何自埋于功利沼泽。“千金难买一义，可有些人不这么想，一块方糖，他也卖了。再也没有比开得出价码的灵魂更便宜的了！”我想起见利忘义的人事，有此一叹。

人与人面貌不远，心的距离遥若天渊。我仍然坚信，读遍古典今籍，无非要以一生在众人面前走正义的路，若灵魂可以拍卖，正义可以典当，何必多此一举走一趟人生？“任何饥饿年代，贪婪社会，都必须找到比活下去更重要的东西！”我说。“有的人只看到今天，眼前便宜吃了再说！”你说。人的一生是无数点的连续，每个分割的今天串成我们分离的时间长度。就像这些绳子，从我们看见的那一霎开始，你如何捡拾，如何背回来，如何闲置在雨天里；我如何构想它、晒它、替它找配搭，这些点点滴滴都应该纳入绳子的总体意义里。我不能说，此时此刻正在编椅的绳子才是绳子；如果这样想，我的灵魂可怕了，那意味，我已经全盘否认你为我背绳子的心意，当一个人只会赞赏自己，不义的鬼已经附身了。

昨天，你摘一朵玉兰花给我。我想到，那是今年的第一朵，你等了一年，为它灌溉、施肥、除虫，终于开出第一朵。你那么慷慨地说：“送你！”我感到比一群翡翠鸟在头上回旋还幸福，你爱我比爱你自己更优先。如果，我不从时间的延续看待它，就永远无法体悟这朵小小玉兰的尊贵；如果，我第一个念头是一朵玉兰市价五块钱，那么，我的灵魂只值五块钱！一个人为了吃尽今天的便宜行不义之事，他忘了明天还得活着做人，当明天的人指责他在昨天的不义，他如何倒提时光回到昨天修订行止？

单点思考的危险性在这儿，任凭日后懊悔、谴责，无法弥平人格的裂痕，就算死亡，也无法带走尚活的人的记忆。如果他吃的只是一小块方糖，被十个人记忆，等于十块方糖的容积；若吃一头牛，等于十头牛；假如偷吃一国，则会被百千万亿人痛恨百千万年，这就是历史。我每想到此，胆战心惊，哪敢在平凡人生里走不义的路，做不义的人？生命终将归还尘土，再也没有比洁净、尊贵的灵魂更能配享花的馨香、树的翡翠、人的敬重了。死亡会溶解你的白发、我的黑发，抹糊你的脸、我的容颜。但当你躺下，我会不断复诵你美丽的灵魂给周遭的人听；若我远逝，你也会变成说故事者，描述这个寻常的下午，我们共同编织的美好时光。 百千万亿年前，这个星球有了人，靠着不可计数的，愈来愈尊贵的灵魂来到今天，则你我的美丽，不单完成自己，也将加入无限的延续之中。

无限的延续，靠每一个诚恳的单点。炫丽的椅子在我手中完成，到处都有桀骜不驯的椅子，但一定在某处路旁，还有强韧的绳。到处都有不义的故事，可是在灰旧屋檐下，也有执手相看的人。他们也像你我，因义而行义，因爱而布爱，因编织的缘分而原谅了生活中嘴馋的毛毛虫。

谈人生与我

◎ 朱光潜

朋友：

我写了许多信，还没有郑重其事地谈到人生问题，这是一则因为这个问题实在谈滥了，一则也因为我看这个问题并不如一般人看得那样重要。在这最后一封信里我之所以提出这个滥题来讨论者，并不是要说出什么一番大道理，不过把我自己平时几种对于人生的态度随便拿来做一次谈料。

我有两种看待人生的方法。在第一种方法里，我把我自己摆在前台，和世界一切人和物在一块玩把戏；在第二种方法里，我把我自己摆在后台，袖手看旁人在那儿装腔作势。

站在前台时，我把我自己看得和旁人一样，不但和旁人一样，并且和鸟兽虫鱼诸物也都一样。人类比其他物类痛苦，就因为人类把自己看得比其他物类重要。人类中有一部分人比其余的人苦痛，就因为这一部分人把自己比其余的人看得重要。比方穿衣吃饭是多么简单的事，然而在这个世界居然成为一个极重要的问题，就因为有一部分人要亏人自肥。再比方生死，这又是多么简单的事，无量数人和无量数物都已生过来死过去了。一个小虫让车轮压死了，或者一朵鲜花让狂风吹落了，在虫和花自己都绝不值得计较或留恋，而人类则生老病死以后偏要加上一个苦字。这无非是因为人们希望造物主宰待他们自己应该比草木虫鱼特别优厚。

因为如此着想，我把自己看作草木虫鱼的侪辈，草木虫鱼在和风甘露中是那样活着，在炎暑寒冬中也还是那样活着。像庄子所说，它们“诱然皆生，而不知其所以生；同焉皆得，而不知其所以得”。它们时而戾天跃渊，欣欣向荣，时而含葩敛翅，晏然蛰处，都顺着自然所赋予的那一副本性。它们绝不计较生活应该是如何，绝不追究生活是为着什么，也绝不埋怨上天待它们特薄，把它们供人类宰割凌虐。在它们说，生活自身就是方法，生活自身也就是目的。

从草木虫鱼的生活，我觉得一个经验。我不在生活以外别求生活方法，不在生活以外别求生活目的。世间少我一个，多我一个，或者我时而幸运，时而受灾祸侵逼，我以为这都无伤天地之和。你如果问我，人们应该如何生活才好呢？我说，就顺着自然所给的本性生活着，像草木虫鱼一样。你如果问我，人们生活在这幻变无常的世相中究竟为着什么？我说，生活就是为着生活，别无其他目的。你如果向我埋怨天公说，人生是多么苦恼呵！我说，人们并非生在这个世界来享幸福的，所以那并不算奇怪。

这并不是一种颓废的人生观。你如果说我的话带有颓废的色彩，我请你在春天到百花齐放的园子里去，看看蝴蝶飞，听听鸟儿鸣，然后再回到十字街头，仔细瞧瞧人们的面孔，你看谁是活泼，谁是颓废？请你在冬天积雪凝寒的时候，看看雪压的松树，看看站在冰上的鸥和游在水中的鱼，然后再回头看看遇苦便叫的那“万物之灵”，你以为谁比较能耐苦持恒呢？

我拿人比禽兽，有人也许目为异端邪说。其实我如果要援引“经典”，称道孔孟以辩护我的见解，也并不是难事。孔子所谓“知命”，孟子所谓“尽性”，庄子所谓“齐物”，宋儒所谓“廓然大公，物来顺应”，和希腊廊下派哲学，我都可以引申成一篇经义文，做我的护身符。然而我觉得这大可不必。我虽不把自己比旁人看得重要，我也不把自己看得比旁人分外低能，如果我的理由是理由，就不用仗先圣先贤的声威。

以上是我站在前台对于人生的态度。但是我平时很欢喜站在后台看人生。许多人把人生看作只有善恶分别的，所以他们的态度不是留恋，就是厌恶。我站在后台时把人和物也一律看待，我看西施、嫫母、秦桧、岳飞也和我看八哥、鹦鹉、甘草、黄连一样，我看匠人盖屋也和我看鸟鹊营巢、蚂蚁打洞一样，我看战争也和我看斗鸡一样，我看恋爱也和我看雄蜻蜓追雌蜻蜓一样。因此，是非善恶对我都无意义，我只觉得对着这些纷纭扰攘的人和物，好比看图画，好比看小说，件件都很有趣味。

这些有趣味的人和物之中自然也有一个分别。有些有趣味，是因为它们带有很浓厚的喜剧成分；有些有趣味，是因为它们带有很深刻的悲剧成分。

我有时看到人生的喜剧。前天遇见一个小外交官，他的上下巴都光光如也，和人说话时却常常用大拇指和食指在腮旁捻一捻，像有胡须似的。他们说这是官气，我看到这种举动比看诙谐画还更有趣味。许多年前一位同事常常很气愤地向人说："如果我是一个女子，我至少已接得一尺厚的求婚书了！"偏偏他不是女子，这已经是喜剧；何况他又麻又丑，纵然他幸而为女子，也绝不会有求婚书的麻烦，而他却以此沾沾自喜，这总算得喜剧之喜剧了。这件事和英国文学家哥尔德斯密斯的一段逸事一样有趣。他有一次陪几个女子在荷兰某一个桥上散步，看见桥上行人个个都注意他同行的女子，而没有一个睬他自己，他便板起面孔很气愤地说："哼，在别的地方也有人这样看我咧！"如此等类的事，我天天都见得着。在闲静寂寞的时候，我把这一类的小小事件从记忆中召回来，寻思玩味，觉得比抽烟饮茶还更有味。老实说，假如这个世界中没有曹雪芹所描写的刘姥姥，没有吴敬梓所描写的严贡生，没有莫里哀所描写的达尔杜弗和阿尔巴贡，生命更不值得留恋了。我感谢刘姥姥、严贡生一流人物，更甚于我感谢钱塘的潮和匡庐的瀑。

其次，人生的悲剧尤其能使我惊心动魄。许多人因为人生多悲剧而悲观厌世，我却以为人生有价值正因其有悲剧。我在几年前做的《无言之美》里曾说明这个道理，现在引一段来：

> 我们所居的世界是最完美的，就因为它是最不完美的。这话表面看去，不通已极。但是实含有至理。假如世界是完美的，人类所过的生活——比好一点，是神仙的生活，比坏一点，就是猪的生活——便呆板单调已极，因为倘若件件事都尽美尽善了，自然没有希望发生，更没有努力奋斗的必要。人生最可乐的就是活动所生的感觉，就是奋斗成功而得的快慰。世界既完美，我们如何能尝创造成功的快慰？这个世界之所以美满，就在有缺陷，就在有希望的机会，有想象的田地。换句话说，世界有缺陷，可能性才大。

这个道理李石岑先生在《一般》三卷三号所发表的《缺陷论》里也说得很透辟。悲剧也就是人生一种缺陷。它好比洪涛巨浪，令人在平凡中见出庄严，在黑暗中见出光彩。假如荆轲真正刺中秦始皇，林黛玉真正嫁了贾宝玉，也不过闹个平凡收场。哪得叫千载以后的人唏嘘赞叹？以李太白那样天才，偏要和江淹戏弄笔墨，做了一篇《反恨赋》，和《上韩荆州书》一样庸俗无味。毛声山评《琵琶记》，说他有意要做“补天石”传奇十种，把古今几件悲剧都改个快活收场，他没有实行，总算是一件幸事。人生本来要有悲剧才能算人生，你偏想把它一笔勾销，不说你勾销不去，就是勾销去了，人生反更索然寡趣。所以我无论站在前台或站在后台时，对于失败，对于罪孽，对于殃咎，都是一副冷眼看待，都是用一个热心惊赞。

朋友，我感谢你费去宝贵的时光读我的这十二封信，如果你不厌倦，将来我也许常常和你通信闲谈，现在让我暂时告别吧！

你的朋友　孟实

儿子，愿你永远保持赤子之心

◎ 傅雷

亲爱的孩子：

元旦一手扶杖，一手搭在妈妈肩上，试了半步，勉强可走，这两日也就半坐半卧。但和残废一样，事事要人服侍，单独还是一步行不得。大概再要养息一星期方能照常。

早预算新年中必可接到你的信，我们都当作等待什么礼物一般地等着。果然昨天早上收到你来信，而且是多少可喜的消息。孩子！要是我们在会场上，一定会禁不住涕泗横流的。世界上最高的最纯洁的欢乐，莫过于欣赏艺术，更莫过于欣赏自己的孩子的手和心传达出来的艺术！其次，我们也因为你替祖国增光而快乐！更因为你能借音乐而使多少人欢笑而快乐！想到你将来一定有更大的成就，没有止境的进步，为更多的人更广大的群众服务，鼓舞他们的心情，抚慰他们的创痛，我们真是心都要跳出来了！能够把不朽的大师的不朽的作品发扬光大，传布到地球上每一个角落去，真是多神圣，多光荣的使命！孩子，你太幸福了，天待你太厚了。我更高兴的更安慰的是：多少过分的谀词与夸奖，都没有使你丧失自知之明，众人的掌声、拥抱，名流的赞美，都没有减少你对艺术的谦卑！总算我的教育没有白费，你二十年的折磨没有白受！你能坚强（不为胜利冲昏了头脑是坚强的最好的证据），只要你能坚强，我就一辈子放了心！成就的大小、高低，是不在我们掌握之内的，一半靠人力，一半靠天赋，但只要坚强，就不怕失败，不怕挫折，不怕打击——不管是人事上的，生活上的，技术上的，学习上的——打击；从此以后你可以孤军奋斗了。何况事实上有多少良师益友在周围帮助你，扶掖你。还加上古今的名著，时时刻刻给你精神上的养料！孩子，从今以后，你永远不会孤独的了，即使孤独也不怕的了！

赤子之心这句话，我也一直记住的。赤子便是不知道孤独的。赤子孤独了，会创造一个世界，创造许多心灵的朋友！永远保持赤子之心，到老也不会落伍，永远能够与普天下的赤子之心相接相契相抱！你那位朋友说得不错，艺术表现的动人，一定是从心灵的纯洁来的！不是纯洁到像明镜一般，怎能体会到前人的心灵？怎能打动听众的心灵？

斯曼齐安卡说的肖邦协奏曲的话，使我想起前二信你说Richter（李斯特）弹柴可夫斯基的协奏曲的话。一切真实的成就，必有人真正的赏识。

音乐院院长说你的演奏像流水、像河，更令我想到克利斯朵夫的象征。天舅舅说你小时候常以克利斯朵夫自命，而你的个性居然和罗曼·罗兰的理想有些相像了。河，莱茵，江声浩荡……钟声复起，天已黎明……中国正到了“复旦”的黎明时期，但愿你做中国的——新中国的——钟声，响遍世界，响遍每个人的心！滔滔不竭的流水，流到每个人的心坎里去，把大家都带着，跟你一块到无边无岸的音响的海洋中去吧！名闻世界的扬子江与黄河，比莱茵的气势还要大呢！……黄河之水天上来，奔流到海不复回！……无边落木萧萧下，不尽长江滚滚来！……有这种诗人灵魂的传统的民族，应该有气吞牛斗的表现才对。

你说常在矛盾与快乐之中，但我相信艺术家没有矛盾不会进步，不会演变，不会深入。有矛盾正是生机蓬勃的明证。眼前你感到的还不过是技巧与理想的矛盾，将来你还有反复不已更大的矛盾呢：形式与内容的枘凿，自己内心的许许多多不可预料的矛盾，都在前途等着你。别担心，解决一个矛盾，便是前进一步！矛盾是解决不完的，所以艺术没有止境，没有 perfect（完美，十全十美）的一天，人生也没有 perfect 的一天！唯其如此，才需要我们日以继夜，终生的追求、苦练；要不然大家做了羲皇上人，垂手而天下治，做人也太腻了！

辑八

雨也好，晴也好，放心走就好

既已明白，不必再拖，

迈开脚步，一步之后自然会见到更多的路。

秋夜

◎ 鲁迅

在我的后园，可以看见墙外有两株树，一株是枣树，还有一株也是枣树。

这上面的夜的天空，奇怪而高，我生平没有见过这样的奇怪而高的天空。他仿佛要离开人间而去，使人们仰面不再看见。然而现在却非常之蓝，闪闪地䀹着几十个星星的眼，冷眼。他的口角上现出微笑，似乎自以为大有深意，而将繁霜洒在我的园里的野花草上。

我不知道那些花草真叫什么名字，人们叫他们什么名字。我记得有一种开过极细小的粉红花，现在还开着，但是更极细小了，她在冷的夜气中，瑟缩地做梦，梦见春的到来，梦见秋的到来，梦见瘦的诗人将眼泪擦在她最末的花瓣上，告诉她秋虽然来，冬虽然来，而此后接着还是春，蝴蝶乱飞，蜜蜂都唱起春词来了。她于是一笑，虽然颜色冻得红惨惨的，仍然瑟缩着。

枣树，他们简直落尽了叶子。先前，还有一两个孩子来打他们别人打剩的枣子，现在是一个也不剩了，连叶子也落尽了。他知道小粉红花的梦，秋后要有春；他也知道落叶的梦，春后还是秋。他简直落尽叶子，单剩干子，然而脱了当初满树是果实和叶子时候的弧形，欠伸得很舒服。但是，有几枝还低压着，护定他从打枣的竿梢所得的皮伤，而最直最长的几枝，却已默默地铁似的直刺着奇怪而高的天空，使天空闪闪地鬼䀹眼；直刺着天空中圆满的月亮，使月亮窘得发白。

鬼䀹眼的天空愈加非常之蓝，不安了，仿佛想离去人间，避开枣树，只将月亮剩下。然而月亮也暗暗地躲到东边去了。而一无所有的干子，却仍然默默地铁似的直刺着奇怪而高的天空，一意要制他的死命，不管他各式各样地䀹着许多蛊惑的眼睛。

哇的一声，夜游的恶鸟飞过了。

我忽而听到夜半的笑声，嗤嗤的，似乎不愿意惊动睡着的人，然而四围的空气都应和着笑。夜半，没有别的人，我即刻听出这声音就在我嘴里，我也即刻被这笑声所驱逐，回进自己的房。灯火的带子也即刻被我旋高了。

后窗的玻璃上丁丁地响，还有许多小飞虫乱撞。不多久，几个进来了，许是从窗纸的破孔进来的。他们一进来，又在玻璃的灯罩上撞得丁丁地响。一个从上面撞进去了，他于是遇到火，而且我以为这火是真的。两三个却休息在灯的纸罩上喘气。那罩是昨晚新换的罩，雪白的纸，折出波浪纹的叠痕，一角还画出一枝猩红色的栀子。

猩红的栀子开花时，枣树又要做小粉红花的梦，青葱地弯成弧形了……我又听到夜半的笑声；我赶紧砍断我的心绪，看那老在白纸罩上的小青虫，头大尾小，向日葵子似的，只有半粒小麦那么大，遍身的颜色苍翠得可爱，可怜。

我打一个呵欠，点起一支纸烟，喷出烟来，对着灯默默地敬奠这些苍翠精致的英雄们。

灯

◎ 巴金

我半夜从噩梦中惊醒，感觉到窒闷，便起来到廊上去呼吸寒夜的空气。

夜是漆黑的一片，在我的脚下仿佛横着沉睡的大海，但是渐渐地像浪花似的浮起来灰白色的马路。然后夜的黑色逐渐减淡。哪里是山，哪里是房屋，哪里是菜园，我终于分辨出来了。

在右边，傍山建筑的几处平房里射出来几点灯光，它们给我扫淡了黑暗的颜色。

我望着这些灯，灯山带着昏黄色，似乎还在寒气的袭击中微微颤抖。有一两次我以为灯会灭了。但是一转眼昏黄色的光又在前面亮起来。这些深夜还燃着的灯，它们（似乎只有它们）默默地在散布一点点的光和热，不仅给我，而且还给那些寒夜里不能睡眠的人，和那些这时候还在黑暗中摸索的行路人。是的，那边不是起了一阵急促的脚步声吗？谁从城里走回乡下来了？过了一会儿，一个黑暗在我眼前晃一下。影子走得极快，好像在跑，又像在溜，我了解这个人急忙赶回家去的心情。那么，我想，在这个人的眼里、心上，前面那些灯光会显得是更明亮、更温暖吧。

我自己也有过这样的经验。只有一点微弱的灯光，就是那一点仿佛随时都会被黑暗扑灭的灯光也可以鼓舞我多走一段长长的路。大片的飞雪飘打在我的脸上，我的皮鞋不时陷在泥泞的土路中，风几次要把我摔倒在污泥里。我似乎走进了一个迷阵，永远找不到出口，看不见路的尽头。但是我始终挺起身子向前迈步，因为我看见了一点豆大的灯光。灯光，不管是哪个人家的灯光，都可以给行人——甚至像我这样的一个异乡人——指路。

这已经是许多年前的事了。我的生活中有过了好些大的变化。现在我站在廊上望山脚的灯光，那灯光跟好些年前的灯光不是同样的吗？我看不出一点分别！为什么？我现在不是安安静静地站在自己楼房前面廊上吗？我并没有在雨中摸夜路。但是看见灯光，我却忽然感到安慰，得到鼓舞。难道是我的心在黑夜里徘徊，它被噩梦引入了迷阵，到这时才找到归路？

我对自己的这个疑问不能够给一个确定的回答。但是我知道我的心渐渐地安定了，呼吸也畅快了许多。我应该感谢这些我不知道姓名的人家的灯光。

他们点灯不是为我，在他们的梦寐中也不会出现我的影子。但是我的心仍然得到了益处。我爱这样的灯光。几盏灯甚或一盏灯的微光固然不能照彻黑暗，可是它也会给寒夜里一些不眠的人带来一点勇气，一点温暖。

孤寂的海上的灯塔挽救了许多船只的沉没，任何航行的船只都可以得到那灯光的指引。哈里希岛上的姐姐为着弟弟点在窗前的长夜孤灯，虽然不会唤回那个航海远去的弟弟，可是不少捕鱼归来的邻人都得到了它的帮助。

再回溯到远古的年代去。古希腊女教士希洛点燃的火炬照亮了每夜泅过海峡来的利安得尔的眼睛。有一个夜晚暴风雨把火炬弄灭了，让那个勇敢的情人溺死在海里。但是熊熊的火光至今还隐约地亮在我们的眼前，似乎那火炬，并没有跟着殉情的古美人永沉海底。

这些光都不是为我燃着的，可是连我也分到了它们的一点点恩泽——一点光，一点热，光驱散了我心灵里的黑暗，热促成它的发育。一个朋友说“我们不是单靠吃米活着”，我自然也是如此。我的心常常在黑暗的海上漂浮，要不是得着灯光的指引，它有一天也会永沉海底。

我想起了另一位友人的故事：他怀着满心难治的伤痛和必死之心，投到江南的一条河里。到了水中，他听见一声叫喊（“救人啊！”），看见一点灯光，模糊中他还听见一阵喧闹，以后便失去知觉。醒过来时他发觉自己躺在一个陌生人的家中，桌上一盏油灯，眼前几张诚恳、亲切的脸。“这人间毕竟还有温暖”，他感激地想着，从此他改变了生活态度。“绝望”没有了，“悲观”消失了，他成了一个热爱生命的积极的人。这已经是二三十年前的事了。我最近还见到这位朋友。那一点灯光居然鼓舞一个出门求死的人多活了这许多年，而且使他到现在还活得健壮。我没有跟他重谈起灯光的话。但是我想，那一点微光一定还在他的心灵中摇晃。

在这人间，灯光是不会灭的——我想着，想着，不觉对着山那边微笑了。

寂寞

◎ 梁实秋

寂寞是一种清福。我在小小的书斋里，焚起一炉香，袅袅的一缕烟线笔直地上升，一直戳到顶棚，好像屋里的空气是绝对的静止，我的呼吸都没有搅动出一点儿波澜似的。我独自暗暗地望着那条烟线发怔。屋外庭院中的紫丁香树还带着不少嫣红焦黄的叶子，枯叶乱枝时时的声响可以很清晰地听到，先是一小声清脆的折断声，然后是撞击着枝干的磕碰声，最后是落到空阶上的拍打声。这时节，我感到了寂寞。在这寂寞中我意识到了我自己的存在——片刻的孤立的存在。这种境界并不太易得，与环境有关，但更与心境有关。寂寥不一定要到深山大泽里去寻求，只要内心清净，随便在市廛里、陋巷里，都可以感觉到一种空灵悠逸的境界，所谓“心远地自偏”是也。在这种境界中，我们可以在想象中翱翔，跳出尘世的渣滓，与古人游。所以我说，寂寞是一种清福。

在礼拜堂里我也有过同样的经验，在伟大庄严的教堂里，从彩色玻璃透进一股不很明亮的光线，沉重的琴声好像是把人的心都洗淘了一番似的，我感觉到了我自己的渺小，这渺小的感觉便是我意识到自己存在的明证。因为平常连这一点点渺小之感都不会有的！

我的朋友萧丽先生卜居在广济寺里，据他告诉我，在最近一个夜晚，月光皎洁，天空如洗，他独自踱出僧房，立在大雄宝殿前的石阶上，翘首四望，月色是那样的晶明，蓊郁的树是那样的静止，寺院是那样的肃穆，他忽然顿有所悟，悟到永恒，悟到自我的渺小，悟到四大皆空的境界。我相信一个人常有这样经验，他的胸襟自然豁达辽阔。

但是寂寞的清福是不容易长久享受的。它只是一瞬间的存在。世间有太多的东西不时地在提醒我们，提醒我们一件煞风景的事实：我们的两只脚是踏在地上的呀！一头苍蝇撞在玻璃窗上挣扎不出，一声“老爷太太可怜可怜我这瞎子吧”，都可以使我们从寂寞中间一头栽出去，栽到苦恼烦躁的旋涡里去，至于“催租吏”一类的东西之打上门来，或是“石壕吏”之类的东西半夜捉人，其足以使人败兴生气，就更不待言了。这还是外界的感触，如果自己的内心先六根不净，随时都意马心猿，则虽处在最寂寞的境地里，他也是慌成一片忙成一团，六神无主，暴躁如雷，他永远不得享受寂寞的清福。

如此说来，所谓寂寞不即是一种唯心论，一种逃避现实的现象么？也可以说是。一个高蹈隐遁的人，在从前的社会里还可以存在，而且还颇受人敬重，在现在的社会里是绝对的不可能。现在似乎只有两种类型的人了，一是在现实的泥潮中打转的人，一是偶然也从泥潮中昂起头来喘几口气的人。寂寞便是供人喘息的几口清新空气。喘过几口气之后还得耐心地低头钻进泥潮里去。所以我对于能够昂首物外的举动并不愿再多苛责。逃避现实，如果现实真能逃避，吾寤寐以求之！

有过静坐经验的人该知道，最初努力把握着自己的心，叫它什也不想，那是多么困难的事！那是强迫自己入于寂寞的手段，所谓参禅入定全属于此类。我所赞美的寂寞，稍异于是。我所谓的寂寞，是随缘偶得，无须强求，一霎间的妙悟也不嫌短，失掉了也不必怅惘。但凡我有一刻寂寞时，我要好好地享受它。

桃花烧

◎ 周晓枫

许多年过去，依然记得那对忘情的恋人。当我从窗户向下张望，看到两个人影紧拥，一个深蓝，一个浅棕——隔了八楼的层高，他们像在深渊里。一侧是垃圾场后墙，另一侧是家属院顶端斜插碎玻璃的墙——中间通道本来用于车辆运输垃圾，但家属们抗议，封堵了原来的出口，改道另行，那里成了无人来往的死角。他们接吻，偶尔手会在毛衣遮挡下在彼此的肌肤上探索。对于十几岁的我来说，这是令人惊慌又迷醉的一幕。尽管离得远，亲密着的两个人又无暇他顾，我还是担心被发现……拉上窗帘，然后从扒开的缝隙中，心跳着窥视。

此后连续几个下午，这对恋人都秘密会合。难道他们不知道对面楼房里可能潜藏无数双像我一样的眼睛？难道他们没有更合适的亲昵地点，以致非要选择这个霉腐的臭气熏天的垃圾场附近，长达几小时地箍紧对方？即使突降的雨也没能将他们阻拦，把一块塑料布铺在雨后湿泞的泥地上，整个一下午，他们还是像马上奔赴刑场似的那样没完没了、不要命地吻着。

秋风旋起的树叶在他们脚下堆积，就像这个季节即将在沉睡中赴死的蝴蝶。时常有落叶飘到男人的衣服或女人头发上。漫天漫地的落叶，如同纸钱，扬撒在两个深受情欲折磨的并不年轻的恋人周围。慢慢地，我观看的热情成了悲伤，因为，这场景太像一场葬礼。如果是在为爱情送葬，两个看似的主角，不过是挣扎中的殉葬品。

每到周末，我都坐上前往北郊的长途车，去看望我的秘密情人。这条路走了这么长时间，我依然感觉自己像一只首次迁徙的夜鸟，暗中前往它所不能了解的终点。车窗玻璃映出我日渐恍惚的脸。

记性差，经常忘了名字和事情，被不了解的人当作傲慢。但我记住了沿路那些不会中途下车的站名，记住了最早坐在这趟车上的喜忧，甚至记住了偶尔的陌路人。上星期旁边的广东乘客向我问路，粤式普通话使每个字都产生叹号效果，说得那么用力，并且表情剧烈，而我一贯受不了说话时表情和动作太过丰富的男人。他有着典型的珠江三角洲地带的长相，散发出由于龋齿或肠胃病患者特有的令人反胃的口气。我看着他的嘴开合无声，走神的瞬间，我想魔法师……他是那种灵魂和面孔长得非常相近的人，所以看人的时候有一种特别的专注，仿佛从深处向你凝望，容易让人产生深情的幻觉。他致命的音质，唱歌时未必完美但说话时绝对动人，让我愿意听从。

尘暴弥漫整个车厢，微黄的残阳显得特别颓废和脏。前面空出的座椅，留下一个明显臀印。我看到窗外有个骑车人，躬着背，拼命踩着脚蹬，车把摇晃。天气本来就恶劣，自行车外胎又瘪掉了，可他不相信似的跳下来检查以后又跨了上去，动作那么笨重吃力。我想，自己的感情就像气门芯已经漏了的自行车，不仅不是代步工具，还成了负担。我为什么不干脆扔了它，拥有轻便的自由呢？是因为把它当作财产，还是因为暗怀希望，一个修车铺会在前方拯救般地等待？

如果我的来临谈不上奖励，离去算不算得上惩罚？我犹豫，是不是转车回去，结束这场开始疲倦的欢爱。我想尝试离开的人，必须要小心自己最后的缠绵——那就像停留在危桥上的体重，会使结局致命地发生变化。

爱的过程是极为缓慢的。因为缓慢，当我发现爱上魔法师的时候，它已成为难以戒掉的习惯。我爱他，就像一个字根爱着改变命运的偏旁。即使他是狂浪之徒，将被自身的跌宕命运所驱赶，我也会爱他身上那股游邪的气息。

有一天我赶到的时候，他正好出来拿报纸。冬天魔法师还是赤脚穿拖鞋，雪融后的路面泥泞湿滑，我看见他露在外面干净的脚趾，湿蓬蓬的头发，浴后小兔子一样微红发亮的眼睛。他走路的样子懒散，漫不经心又若有所思地趿拉着鞋，有种懒散之中的贵族气。

难以抵抗他的召唤，只要他一打电话，我就改变所有日程，坐上颠簸的长途车……像个送外卖的，不用预约，随时送上滚烫的服务。我像一只导盲犬，当他处于黑暗与低落之中，我就献出自己灼热的小舌头，殷勤舔吻他的掌心，仿佛能在那里找到供养我活下去的粮食。他在拣选上的挑剔，似乎在暗示，成为他的情人必须具备某种特殊的才能——恩宠，恩宠，他的宠就是降临的恩情。魔法师的个子高，我需要踮起脚来才能亲吻他……沿着正在生长的茎，献出一朵谦卑的花。

但这个对我来说意味神秘和奇迹的人，我却并不真正了解。魔法师比我大许多，介于叔叔和哥哥之间，我们的关系被逐渐地蓄意地弄得含混，我对他既怀有敬意，又有某种纯洁和乱伦快感糅杂的奇怪而难以言明的东西。他在宠辱不惊的秋季，而我的春天刚刚破蛹。白天和黑夜区别巨大，关键是，身置不同经度的两个人，在时差中是否同时经历爱的此刻？

人不知道自己会牢记什么样的片断，不知道这些片断会造成什么样的更改，如同，不知道哪粒花粉能酿造寂静的果实。我记得最初的一天。

和魔法师在车里坐着的时候，外面就下雨了。我扭过头，窗外的雨，像划痕密布的旧胶片。雨声渐渐大起来。谈话中断许久，我们之间慢慢形成一种沉默的压力。魔法师在抽烟，他天生有种魅惑人的气息，即使脸上略带倦意——倦意，是伤感在体力上的表现。亲爱的魔法师，我无法知道你的隐痛，你显得如此自如，但我嗅出你的味道，那是一种杀人的味道：你具有中年男人全部被爱的魅力，却失去全部爱的能力。等我发现激情正在危险地靠近自己，已经来不及了……鹰已经在降低它的高度，于是荒野上的僧侣敞开祭献的襟袍。我的劫数开始了。这是第一个拥抱。

雨停后，我惊讶地发现，车顶落满被打落的桃花：湿润，细碎，鲜艳。这些璀璨的小花瓣，令人想起万花筒里的图案，即使由最简单的纸屑构成，也有看似无穷的变幻——能让我始终迷恋和感恩。他开车的时候，我情不自禁地看他，还在低烧般的恍惚里。我有手风琴的肺，有笛子的喉管……爱情交响，把我的身体变成秘密的乐队。

我由此感知幸福——幸福，一个平庸得有点不好启齿的词。是的，我在他的靠拢中体会那种“幸福得要死”的滋味。之所以幸福得“要死”，是在潜意识里不相信幸福会延续，希望幸福的状态能在自己清醒并陶醉的情况下停止并定格。我怕幸福闪逝，怕短暂幸福过后给人带来的迟疑和痛悔。事实上这句话隐藏了一句真理：幸福要死，所有的幸福，都会成为早夭的美。

——现在我慢慢舔食过期糕点上那层有限的糖霜，粗糙的小颗粒，在舌尖融化……这曾经令人沾沾自喜的甜记忆，更让我感觉废墟般的生活在下沉。

有如玩具，并非生活必需品，既带来欢乐又无用，我是魔法师最小的情人。魔法师的天赋和经验赋予他完美的操控能力；而我的经验，对他来说，如同小数点后面的数字，可以慷慨地被舍弃。那次和他去吃快餐，花童递给几枝玫瑰——哪儿找来这么脏的玫瑰？颜色像经血。为了摆脱花童的纠缠，我眼睛都不眨地说："他是我爸爸。"是的，魔法师的情感经历过于丰富，他却是我几乎唯一的浪漫史。和他在一起，我无知，他无敌，局面缺乏基本的控制，除了晚辈一样领受他安排好的教育。

他能够以松弛自如的态度来处理感情关系，我不知道，这是对他漫不经心的错觉，还是这本来就是他从经验里提炼的从容。有时怀疑，魔法师对我，仅仅略微超过绅士对女性普遍怀有的好感和耐心。我的感情太强烈，总能体会他对比之下的处变不惊。魔法师习惯保持亲近而不密切的交往频率，这种频率，更像游刃有余，还是无动于衷?

他从不潦草，使幽会多了几分失真的温情。和魔法师做爱，有既狂烈又始终被人珍惜之感。魔法师能那么自由，享受之中不受折磨，大概因为我缺少最重要的而又无法依靠努力来弥补的东西：美貌和聪颖。问题是，发现了障碍又怎么能解决呢，难道我能像简·爱启发罗切斯特的话维护尊严——“如果上帝赐予我美貌和财富，我会让你难以离开我就像我现在难以离开你一样。但是上帝没有这样做，但是我们的灵魂是平等的，就像我们都穿越坟墓，站在他面前”吗？所有在爱情领域里没有靠才貌赢得的东西靠乞讨都不能够赢得，何况靠申辩和教育。

种种爱情类型之中，我更习惯和擅长的方式是暗恋和无人所知的告别。我是如此熟悉对方不在场的爱情，可以轻松胜任想念。但对魔法师，我根本无所适从……仿佛未婚母亲生下自己的畸形婴儿，像是在惩罚，有罪的欢乐。也许我的爱情与自虐倾向有关：我爱并且只爱令自己绝望的东西。自虐就是从自我伤害中获得快感的需要，我天生就对自己怀有不能解决的持久的仇恨。通过魔法师，我终于省悟，爱情是人类自虐行为中最普遍、最主要的手段。想起法国作家拉罗斯福科说过：“当我们根据爱的主要效果来判断爱时，它更像是恨而不是爱。”

有人在爱中会激发出惊人的潜能，活力四射，富于妙趣。我如此不争气，一旦处于感情之中，微薄的伶俐也消失了，变得紧张、乏味、患得患失、优柔寡断。在爱的压力下，我体验着自身的变形记，看见自己变成了一只畏首畏尾的笨拙的甲虫。

世间的爱往往看起来相似，却有本质差异。比如对宠物与对藏品就是两种迥异的爱。是宠物的依赖，是它的喂养恳求，是它对主人的绝对需要，催生主人的怜爱。而藏品，对收藏它的主人永远没有情绪反应，收藏家再漫长的沉迷它也无动于衷，藏品可能更换收藏它的对象，但并不由此引起原有收藏者的怨意，他只会在爱与怀念中目睹它逐渐增值，并增加它在心里的分量。越强烈的依恋，越容易被对方轻视。宠物带给主人的只是娱乐项目，唯有藏品，才能成为真正的财富。从某种意义上说，我是魔法师的一个宠物，而我不幸，让魔法师成为我的藏品。魔法师似乎从来不知道我的狂喜和绝望全都被他控制，并交替着给予。他身上有天使与魔鬼混合的天真气息。

数十层的高楼，在顶层露台，夏夜的风浩荡吹拂……万籁俱寂的黑暗深处，他深入我。这个给我的生命制造悬念的人，我的手抚触他——只有我爱，才给你弦上的身体。嘴唇和嘴唇多么对称，当魔法师移开他的脸，我才看清：星空千疮百孔，夜晚如何露出简陋的本质。激越地冲击我的时候，魔法师不知道，他神一样照耀我的面孔，和整个天堂的破绽，如何在我眼前快速替换。他让我在肉体灼热和内心寒意中交战。因为爱最后要落回地平线，甚至落回深渊里，所以所谓激情，就是你敢于上升的无视生死的高度。

置身庆典般的肉体欢爱中，天空，突然绽放起盛大的烟花……神燃起短暂抚慰的火把，我在映照中泪流满面。这个春天是经过文身的，华丽，又反叛——它已经成为记忆里的化石，像贝壳一样，坚硬地嵌满花纹，包裹内里的柔软。

我们平静下来。我把左耳贴近魔法师的前胸，倾听心跳：里面有一个懒洋洋的钟，因为寂静和寂寞、因为冷静和冷淡逐渐停摆的指针。焰火过后，黑暗再次聚集；热烈过后，魔法师的眼睛重归安宁。他抽烟，把烟缸放在我裸露的脊背上。我们都在孤独中，却无法相互协助和给予，如同两个玻璃缸里的游鱼，彼此的声音都不能传达，何谈相濡以沫？盲人般，我们都是困守的蛹，无论怎样相亲相爱，黑暗都是各自的，不能被分享的。一个看不见脸的世界，猜测不出彼此的复杂表情。

幸福有张善于许诺和背叛的嘴，我记得那阴谋中特有的温柔。整个晚餐，似乎有什么气体像帽子似的悬置在魔法师头顶，然后飘移，分散我的注意力。魔法师看着我，似乎还是那样的眼神，有入骨的专情错觉。我食不甘味，吃的东西口感那样古怪，像是在撕扯某类哺乳动物的翅膀，既不是肉，也不是皮，说骨不骨、说筋不筋的东西。我面无表情地咀嚼，顽强消化着难以归类也难以下咽的食物和爱情。我如何能把内心的黑暗认作一场短暂的隧道旅行？

爱我的人赐予我礼物，我爱的人赐予我伤口——显然来自后者的给予更珍贵，因为只有伤口，与我发生的是真正的血肉意义的联系。我在魔法师的私人浴室里，发现一根包着织物的橡皮筋。它在皂盒旁边，香皂泡沫形成一层包裹着的白迹。不是多疑的猜测，直觉告诉我，它属于谁。那么她是长发的，她是洗过澡后湿着头发走的吗？她有时候把头发束起，有时散开，才会偶尔忘记的吧？她也是魔法师的情人之一，我只是不愿对自己说破。他的情感工程，由众多女性同时建设。我抱着魔法师的时候，他分明有着不属于他的经过洗浴也不能去除的他人气息。

我想从魔法师这里获得如父如兄的安全感。但这是安全感吗？两臂吊在高空绳索上，稍一松手，万劫不复……一切取决于对自己的支撑。在这样的爱情中是不能休息的，因为它不是一张安全网，你不能睡在上面。

爱情乃是非之地，神也放弃管理。只有绝望爱情中，人能体会到这种和自己的剧烈对抗，以及痛彻的撕裂感。我的刀叉机械地在盘子里划动。我是一头文明的野兽，我吃我自己的肉。

小时候幼儿园里打针，哭泣是儿童的正常反应，作为孩子的我却拼命克制就要夺眶而出的眼泪，以致咯咯咯地笑起来。面对自己的困境，我天生具有夸张性的喜剧掩饰——内心越绞缠，表情越滑稽。疼在左心室的位置，逆时针方向，涟漪一样逐渐扩大，扩散到整个肢体。我一边用力咀嚼，磨断坚韧的肉纤维，一边眉飞色舞地对魔法师说："要是食人族把我们都抓住圈起来，有的杀了，剥皮做鼓，有的杀了，烧火烤肉，你最适合养起来提取麝香。知道吗？你走过会留下一条气味的甬道，多黑我都能循着味儿找到你。"

说完这句话，世界就黑了。突然断电，楼道里多了走动的人声。我一言不发，毫无障碍地在漆黑里大步走，从冰箱里取出几根冰棍，然后循着味道准确回到魔法师身边。他还坐在那里，以为我拿来了蜡烛。我坐在他身上，就在黑暗里抱住他的脖子，下巴放在他肩膀上，我的腿缠着他的腰，不看他的脸。我开始一根接一根地吃。我冷得浑身发抖，一口一口，咬下坚硬的冰块。爱就是吞咽，不断地艰难地吞咽。食物通过食道，开始被葬送的里程……他朝向深喉的吻，也一样……下潜，下潜。性器与肛门离得那么近，被歌颂的爱情比邻不被提及的脏。共同的食物在我和魔法师不同的消化道里，下降，被各自分泌的汁液搅拌，最后一样成为秽物。我无法想象烂掉的爱情，即使它烂在我眼前，依然觉得无法想象——我真没用，想象是我唯一能够运用的生存解决手段，它无效。

当人们从一场轰轰烈烈的伟大爱情中退场，往往发现自己成了往事的污点证人。而我爱魔法师，以蔑视其他异性的决心，以全部智慧置换出的孩子式的无知，以了无趣味的贞洁和牺牲，以习惯和需要，以死亡之前贯彻到底的盲目等待，来证明，我爱得多么不容修改——像已经上交的错误答卷。

魔法师送给我的那条鱼终于死了。以前我就目睹过它的自杀行为，从鱼缸里跃出，落到沙土之中。我在感情里的挣扎，如同这条脱水的鱼，没有了优雅和原本睡梦中依然能保持的清醒的眼睛……鱼在地上，它疼，窒息，沾满尘土，在笨拙的扭动和摔打中，银质的彩鳞——它身体上最美的装饰物，纷纷剥落。

我把不动了的鱼放到龙头下，让水流冲击它的口腔，它的嘴张大，当我从水流下移开，它的嘴又闭上了。我就这么给它人工呼吸，鱼湿的并拢的尾巴搭在我的掌心。有几次，我以为它复活了，嘴巴似乎自觉地开合着。但最后的抢救是无效的。我不甘不舍地把它搁回鱼缸，它还圆睁不瞑的眼睛，柔软地泡在水面。白雪公主住在水晶棺里依然能被唤醒，但它，将慢慢腐烂，从体表，到内脏。死鱼曾经的同伴嫌恶地游开，远远绕行它的尸体——而它像天使，漂浮在比它们更高的地方。

我知道，一切都要死去，死在时间的停尸床上。慢慢地，将找不到任何魔法师爱过我的证据——像植物人的力气，婴儿的记忆，亡逝者手上的温度，这些即使存在也没有痕迹的东西，到底有多重要呢？

秋天来了，神在天上酿制金色的酒浆。饮用这个秋天，我从陶醉变得糊涂，从谨慎坠入轻信……我爱过的魔法师，在我清醒之前已先于我忘记。他将就此拆除我身体里那座秘密的花园。

我把死鱼埋进了楼下广场的松树下。一个穿着旱冰鞋、流线紧身衣，样子像运动员的男子从我身旁速滑过去，进入人群之中。酒厂正搞促销活动，每人可以得到一杯免费香槟。这个秋日午后，媚人的光线里，街心公园，马路上，售货亭……到处是喝着香槟的人们。有的一饮而尽，有的浅斟慢酌，脸上浮现出觉醒了的享乐感。我并不想得到这馈赠，一看人们排着漫长的队登记，纷纷喜悦地，高举着从洒出酒液的托盘里取出晃动的那杯酒就够了。但我需要这欢乐。我需要这欢乐支撑一条无名死鱼的葬礼。从超市里买了一瓶干红，坐在底脚有些摇晃的街心椅子上，我独酌。那么多人，那么多酒泡沫金黄，只有我的杯里，血红。

把回忆一口一口地吃下去就会积聚力量，像发条一下一下被卷紧。没有什么比复仇更有力量和耐心。魔法师不会察觉我从他那里偷走了什么。一个砂粒进入，经过艰难的吞咽和包裹，它会呈现珠粒上不可思议的晕彩。我要把自己变成一枚珠贝，藏纳起一生的珍宝。

我知道，一个小小的女儿正在子宫深处沉睡。当我第一次从B超里看到她，她浸泡在我渐渐充盈的羊水里，像小人鱼正游弋在藏蓝色的海底——她的样子如此甜蜜永恒，像福尔马林的胎儿隔绝于生死。等她浮出水面，即使也将爱慕一个终将背叛和离弃的男人，我也深知，她会在灾难里获得拯救中的飞升。

房间里，阔叶植物深厚地绿着，花瓶里斜插几枝新折的桃花：艳而碎小。空空荡荡的玻璃缸里，我再不养活娇气而冷漠的鱼了。只有一只谨慎的乌龟，沉默着，像个偷窥者，慢吞吞地，探出它斑驳而丑陋的压扁的头。

石子——病期琐事

◎ 孙犁

我幼小的时候，就喜欢石子。有时从耕过的田野里，捡到一块椭圆形的小石子，以为是乌鸦从山里衔回跌落到地下的，因此美其名为“老鸹枕头儿”。

那一年在南京，到雨花台买了几块小石子，是赭红色的。

那一年到大连，又在海滨装了一袋白色的回来。

这两次都匆匆忙忙，对于选择石子，可以说是不得要领。

在青岛住了一年有余，因为不喜欢下棋打扑克，不会弹琴跳舞，不能读书作文，唯一的消遣和爱好就是捡石子。时间长了，收藏丰富，有一段时间，居然被病友们目为专家。就连我低头走路，竟也被认为是长期从事搜罗工作养成的习惯，这简直是近于开玩笑了。

然而，人在寂寞无聊之时，爱上或是迷上了什么，那种劲头，也是难以常情理喻的。不但天气晴朗的时候，好在海边溅泥踏水地徘徊寻找，有时刮风下雨，不到海边转转，也好像会有什么损失，就像逛惯了古书店古董铺的人，一天不去，总觉得会交臂失掉了什么宝物一样。钓鱼者的心情，也是如此的。

初到青岛，也只是捡些小巧圆滑杂色的小石子，这些小石子养在水里，五颜六色还有些看头，如果一干，则质地粗糙，颜色也消失，算不得什么稀罕之物了。

后来在第二浴场发现一种质地细腻，色泽如同美玉的小石子，就加意寻找，这种小石子，好像有一定的矿层。在春夏季，海滩积沙厚，没有这种石子。只有在秋冬之季，海水下落，沙积减少，轻涛击岸，才会露出这种蕴藏来。但也很少遇到。当潮水落到一定的地方，沿着水边来回走，看到一点点亮晶晶的苗头，跑过去捡起来，大小不等，有时还残留着一些杂质，像玉之有瑕一样。这种石子一定是包藏在一种岩石之中，经过多年的潮激汐荡，乱石撞击，细沙研磨，才形成现在这种可爱的样式。

有时，如果不注意，如果不把眼光放远一点，它略一显露，潮水再一荡，就又会被细沙所掩盖，当潮水猛涨的时候，站在岸边，抢捡石子，这不只拼着衣服溅上很多海水，甚至还有被海水卷入的危险。

有时，不避风雨，不避寒暑，到距离很远的海滩，去寻找这种石子。但也要潮水和季节适当，才有收获。

我的声誉只是鹊起一时，不久就被一位新来的病友的成绩所掩盖。这位同志，采集石子，是不声不响，不约同伴，近于埋头创作的进行，而且走得远，探得深。很快，他的收藏，就以质地形色兼好著称。石子欣赏家都到他那里去了，我的门庭，顿时冷落下来。在评判时，还要我屈居第二，这当然是无可推辞的。我的兴趣还是很高，每天从海滩回来，口袋里总是沉甸甸的，房间里到处是分门别类的石子。

那时我居住在正阳关路一幢绿色的楼房里。为了安静，我选择了三楼那间孤零零的，虽然矮小一些，但光线很好的房子。在正面窗台上，我摆了一个鱼缸，放满了水，养着我最得意的石子。

在二楼住着一位二十年前我教书时的女学生。她很关心我的养病生活，看见我的房子里堆着很多石子，就劝我养海葵花。她很喜欢这种东西，在她的房间里，饲养着两缸。

一天下午，她借了铁钩水桶，带我到海边退潮后的岩石上，去掏取这种动物。她的手还被附着在石面上的小蛤蜊擦破了。回来，她替我倒出了石子，换上海水，养上海葵花。

“你喜爱这种东西吗？”她坐下来得意地问。

“唔。”

“你的生活太单调了，这对养病是很不好的。我对你讲课印象很深，我总是坐在第一排。你不记得了吧？那时我十七岁。”

晚上，我个人坐在灯光下，面对着我的学生为我新陈设的景物。我实在不喜欢这种东西，从捉到养，整个过程，都不能使我发生兴味。它的生活史和生活方式，在我的头脑里，体现了过去和现在的强盗和女妖的全部伎俩和全部形象。我写了一首《海葵赋》。

青岛，这是世界上少有的风光绮丽的地方。在过去很长一段时间，祖国美丽富饶的地区，有很多都曾经处在帝国主义的铁蹄蹂躏之下。每逢我站在太平角高大的岩石上，四下眺望，脚下澎湃飞溅的海潮，就会自然地使我联想起这里的悲惨的历史。我的心里总有一种沉痛之感，一种激愤之情。

终于，我把海葵花送给了女弟子，在缸里又养上了石子。这样做的结果，是大大辜负女学生的一番盛情，一番好意了。

离开青岛的时候，我把一些自认为名贵的石子带回家里，尘封日久，不但失去了原有的光彩，就是拿在手里，也不像过去那样滑腻，这是因为上面泛出一种盐质，用水都不容易洗去了。时过境迁，色衰爱弛，我对它们也失去了兴趣，任凭孩子们抛来抛去，想不到当时全心全力寤寐以求的东西，现在却落到了这般光景。

但它们究竟是和我度过了那一段难言的日子，给过我不少的安慰，帮助我把病养得好了一些。古人把药石针砭并称，这说明石子确是养病期中难得的纯朴有益的伴侣。

走出孤独

◎ 汪国真

有一种喜欢孤独的人，是因内心充盈。他不需要与人为伴、交流、与人出游，便能生活得自在、洒脱而有质量。他的生存方式是孤独的，而他的内心并不孤独。

还有一种孤独的人，是因为生活中曾受到伤害。他需要一个安静的地方，舔自己的伤口。当伤口愈合了以后，为了避免再受伤害，或者触碰到旧日的伤疤，便将自己封闭起来，走向了孤独。他的生存方式是孤独的，内心也是孤独的。

这些人的心，仿佛是潮湿了的柴火，需要友情或爱情的火烘干、点燃。否则，时间长了容易发生霉变。

我曾经在海边小住过一段时间，见过各色各样的石屋。那有人居住、有人管理、有人修葺的房屋总是那么充满生机与活力，显得整洁而明朗。

而那常年房门紧锁，缺乏修缮的房屋则显得冷清而凋敝，仿佛一个在深山里修行的无人注意的木讷僧人。

一个人要走出孤独，需要别人的力量，更需要自己的力量，这就是你得敞开窗扉，接受风的吹拂、雨的滋润、阳光的照耀。

如果说个人的存在，仿佛一幢幢不同的房屋耸立在大地之上，那么我希望你漂亮、大方、容光焕发。

在海边，这便是一处诱人的景色。

图书在版编目（CIP）数据

孤独才是人生 / 蒋勋等著 . — 南京：江苏凤凰文艺出版社，2020.8
ISBN 978-7-5594-4889-7

Ⅰ . ①孤… Ⅱ . ①蒋… Ⅲ . ①散文集 – 中国 – 当代
Ⅳ . ① I267

中国版本图书馆 CIP 数据核字（2020）第 080329 号

孤独才是人生

蒋　勋　等著

出 版 人	张在健
责任编辑	张　倩
特约编辑	罗　元　刘　雷
装帧设计	所以设计馆
出版发行	江苏凤凰文艺出版社
	南京市中央路 165 号，邮编：210009
网　　址	http://www.jswenyi.com
印　　刷	河北鹏润印刷有限公司
开　　本	840 毫米 ×1194 毫米 1/32
印　　张	8.25
字　　数	153 千字
版　　次	2020 年 8 月第 1 版　2020 年 8 月第 1 次印刷
书　　号	ISBN 978-7-5594-4889-7
定　　价	56.00 元